L'inv
de Koudia

Roumelia Lane

Harlequin Romantique

PARIS • MONTREAL • NEW YORK • TORONTO

Publié en août 1983

ISBN 0-373-41201-0

Dépôt légal 3e trimestre 1983
Bibliothèque nationale du Québec et Bibliothèque nationale du Canada.

Imprimé au Québec, Canada—Printed in Canada

1

Le plus profond silence régnait dans les bureaux de la Société de Vente par correspondance Betchfield. Puis retentit la sonnerie marquant la fin d'une autre journée de travail. On entendit alors un vacarme infernal ; les employées s'engouffraient dans les couloirs pour se diriger vers la sortie tout en causant de leur sujet de prédilection, le sexe fort.

— Comme j'ai hâte d'arriver à la maison ! soupira Sandra Gates, une grande jeune fille aux pieds plats. Je vois Brian ce soir ; il va me demander en mariage, j'en suis certaine.

— La vie à deux n'est pas toujours rose ! jeta d'une voix lasse Betty Sherman, mère de trois enfants. Si c'était à refaire, je ne commettrais pas la même erreur !

— Vous vous y êtes mal prise, Betty ! déclara Hazel Hughes en riant. Il ne faut pas épouser le premier venu mais savoir attendre le mari idéal !

— Un homme riche, en quelque sorte ! fit Monica Randall, renommée pour ses reparties malicieuses.

— Précisément, riposta Hazel, en gardant son sérieux. De nos jours, on choisit son mari en fonction du train de vie qu'il est en mesure d'offrir. Il n'y a pas une seule célibataire ici qui ne partage pas mon avis, j'en suis sûre !

— Sauf Vivienne.

Toutes les têtes se tournèrent vers cette dernière.

— Notre amie est très réservée ; jamais elle ne nous a parlé de ses conquêtes, railla gentiment l'une de ses collègues.

— Je n'en ai pas, voilà tout, répliqua l'intéressée, imperturbable.

Cette phrase fut accueillie par des exclamations incrédules.

— Elle dit la vérité, trancha alors Betty Sherman d'un ton quelque peu pédant. Je connais Vivienne depuis longtemps et jamais je ne l'ai vue en compagnie d'un homme.

Les taquineries firent place à des sourires perplexes, voire compatissants. Pat Garmes, une vieille fille de trente ans environ, les cheveux raides, grommela :

— Ah ! « Si jeunesse savait et si vieillesse pouvait ! » Regardez-moi cette silhouette ! De quoi en crever de jalousie ! En plus, elle frise naturellement ! ajouta-t-elle avant de déclarer avec bonhomie : il n'y a pas de justice en ce bas monde !

Vivienne sourit calmement comme elle le faisait toujours en de pareilles circonstances. Toutefois elle ne se considérait pas comme une jeune personne. Malgré ses vingt-trois ans, elle avait plutôt le sentiment d'être déjà vieille ; et quiconque aurait sondé son cœur, y aurait découvert amertume et souffrance.

Sur ce, elles se souhaitèrent une bonne soirée. Quelques-unes enfourchèrent leur vélomoteur, d'autres, plus fortunées, prirent le volant de leur voiture. Vivienne, elle, à l'instar de bon nombre de ses collègues, rentrait à pied. Elle habitait le foyer des employées de la Betchfield, situé tout près des bureaux à l'extérieur de la ville. Elle pénétra dans l'immeuble ; ses pas résonnèrent sur le carrelage. Puis, la main sur la rampe en acier, elle monta l'escalier. Elle avait choisi délibérément — et depuis longtemps — ce cadre froid, impersonnel. Comme elle parvenait au deuxième étage, elle vit soudain une porte s'ouvrir. Une jeune fille, d'allure gauche, se tenait dans l'embrasure.

— Lucy ! s'écria Vivienne en accourant vers cette dernière. Vous n'étiez pas à votre bureau cet après-midi ! Etes-vous malade ? s'enquit-elle en remarquant le petit visage bouffi de sa collègue.

Lucy mordillait le coin de son mouchoir. Elle leva vers sa compagne des yeux mouillés de larmes.

— Oh, Vivienne, il est arrivé un malheur !

— Entrons chez vous, proposa gentiment celle-ci en lui prenant le poignet. Vous me raconterez tout.

Issue d'une famille d'agriculteurs, Lucy Miles était timide, maladroite et accomplissait laborieusement sa tâche à la Betchfield. Ses mains et ses pieds paraissaient démesurément longs pour son corps frêle, ses vêtements informes. Vivienne, toutefois, avait su deviner sous cette apparence terne, une sincérité, une générosité sans bornes et les deux jeunes femmes avaient tôt fait de se lier d'amitié.

Dans la chambre, il y avait peu de meubles ; une malle et des valises étaient rangées le long du mur.

— Que se passe-t-il ? s'enquit Vivienne en serrant son amie dans ses bras. Il ne s'agit pas de votre famille, j'espère ?

Vivienne était seule au monde. Elle avait, à l'occasion, accompagné sa camarade chez ses parents qui habitaient une ferme délabrée à quelques kilomètres de la ville. Le père de Lucy avait perdu une main dans un accident de tracteur ; aussi sa mère et ses deux jeunes frères travaillaient-ils d'arrache-pied pour exploiter leur lopin de terre. Malgré sa passion pour le grand air, Lucy avait été forcée de trouver un emploi à la Betchfield afin de subvenir aux besoins des siens.

— Non, là-bas tout va bien ; j'ai reçu des nouvelles ce matin. C'est une autre lettre... et toutes celles que j'ai écrites. Je ne vous en avais jamais soufflé mot... et maintenant... bégaya-t-elle, bouleversée... je ne sais que faire...

— De quoi parlez-vous au juste ? interrogea Vivienne d'une voix douce. Quelles sont ces lettres ?

Son amie ne répondit pas immédiatement. Puis, faisant un effort sur elle-même, elle se tamponna les yeux et commença en ces termes :

— Vous souvenez-vous de cette réunion au club social ? Il y avait là une dame, Mme Dermott, qui nous avait exhortées à apporter un peu de bonheur aux malheureux. C'était avant Noël. Au moment de partir, avoua-t-elle d'un air penaud, je suis allée la trouver et lui ai demandé de me fournir l'adresse d'un correspondant à l'étranger.

— Je vois, énonça son interlocutrice.

— Il se nomme Robert Colby. Il souffre d'une dégénérescence musculaire et ne se déplace qu'en fauteuil roulant. Il a vingt-quatre ans. Il était autrefois joueur de rugby et...

— Lucy l'interrompit-elle, correspondez-vous avec... avec cet homme depuis Noël... depuis trois mois ?

— Deux fois par semaine, quand le courrier le permet. Nous nous aimons, ajouta-t-elle.

Vivienne était désemparée. Elle éclata d'un rire gêné.

— Eh bien, si vous éprouvez ces sentiments, pourquoi... ?

— Oh, Vivienne ! s'exclama sa camarade, les larmes aux paupières. Vous ne comprenez pas ! Robert va mourir ! Tenez ! fit-elle en fouillant dans sa poche pour en extirper une lettre. Lisez. Je l'ai reçue ce matin.

— *Chère Miss Blyth...* commença la jeune fille, trop absorbée par sa lecture pour se rendre compte que ce nom était en réalité le sien. *Je suis navré de devoir vous annoncer que la santé de Robert se détériore. Il n'y a plus d'espoir. Les médecins ne lui donnent que quelques semaines à vivre. Il vous réclame. Je vous serais reconnaissant de venir au plus tôt, à mes frais bien entendu. Trent Colby.*

Vivienne releva les yeux.

— Vous devriez y aller.

— C'est impossible ! déclara Lucy en assénant sur le lit un coup formidable.

Sur ce, elle poussa un long soupir, se leva et ouvrit un tiroir.

— Voici une photo de Robert, continua-t-elle.

Elle représentait un jeune homme aux cheveux blonds, le visage souriant, les traits décidés.

— Il est très séduisant, observa sa compagne.

Lucy hocha la tête.

— Je n'avais jamais eu de fiancé. Ce n'est guère étonnant à me voir ! jeta-t-elle avec une pauvre moue. Robert m'avait écrit une si belle lettre et je voulais tant lui plaire et... Oh, Vivienne ! J'ignore ce qui m'a pris mais je lui ai envoyé un portrait de vous !

— De moi !

— Oui, chuchota son interlocutrice en ravalant un sanglot. Celui que vous m'aviez offert pour Noël... dans le cadre de cuir.

Vivienne se rappelait. Le photographe avait su saisir le sourire sur ses lèvres mais non la tristesse de son regard. Elle y avait écrit quelque commentaire amusant et signé de son prénom.

— Ce n'est pas la fin du monde, fit-elle avec bonne humeur.

— Mais si ! Robert ne doit absolument pas être mis au courant ! Il est épris de la jeune femme de la photo... et non pas de moi !

— Lui auriez-vous écrit pendant tout ce temps en vous faisant passer pour moi ? demanda Vivienne qui commençait à comprendre.

— Oui, renifla sa camarade. A part quelques prospectus, vous ne receviez jamais de courrier ; et de toute façon, c'est moi qui le prenais à la réception pour vous le remettre. Je subtilisais les missives de Robert qui vous étaient adressées.

A bien y penser, Vivienne avait remarqué un changement chez son amie depuis un moment. Celle-ci rougissait fréquemment, s'esclaffait pour un rien.

— Pourquoi avoir agi ainsi ? s'enquit-elle d'une voix douce. Vous saviez pourtant que tôt ou tard, l'on découvrirait le pot aux roses.

— Je n'avais pas le choix, répondit l'intéressée, malheureuse. Il y avait votre signature sur la photo. De plus, Robert trouvait ce portrait si beau ! J'avais l'intention de lui dévoiler mon subterfuge mais je craignais de tout gâcher. Et maintenant... gémit-elle, jamais je ne pourrai lui apprendre la vérité !

— Oh, Lucy ! Vous êtes la personne la plus gentille, la plus généreuse que je connaisse ! Robert, j'en suis sûre, ne vous en voudra pas si vous lui avouez tout.

— Ce serait cruel de détruire ses illusions alors qu'il va bientôt mourir ! s'exclama celle-ci, horrifiée. Non, Vivienne. Il est persuadé que vous avez écrit ces lettres. Une seule solution s'impose : vous irez lui rendre visite.

— Moi ? s'écria la jeune fille, sidérée. C'est de la folie, Lucy ! Je serais incapable de jouer ce rôle !

— Vous le pouvez, déclara son amie d'un ton ferme. Ce ne sera pas long, dit-elle en réprimant un sanglot, et vous feriez preuve de bonté envers Robert. Et envers moi.

Vivienne prit la main de sa camarade dans la sienne.

— Lucy, vous vous trouvez actuellement dans un affreux imbroglio, je m'en rends bien compte ; ce n'est pas non plus le moment de mettre Robert au courant de cette méprise. D'un autre côté, j'ignore tout de vos relations ; de quoi lui parlerais-je ?

— Non seulement j'ai conservé toutes ses missives mais comme la directrice de notre service insiste toujours — vous le savez — pour que nous gardions un double de notre correspondance, j'ai également une copie de mon courrier destiné à Robert. Vous pourriez lire ces lettres ; vous sauriez ainsi quelle attitude adopter. La Société me doit un mois de vacances ; je vous l'offre et vous propose de travailler à votre place.

Lucy se redressa, la mine décidée.

— Robert va mourir, Vivienne, continua-t-elle.

Nous n'allons pas le décevoir. Demain, vous devez partir à tout prix pour Tanger.

— Tanger !

Elle eut soudain l'impression qu'un gouffre effrayant s'ouvrait sous ses pieds.

— Oui. Robert y habite avec son frère. Il est très riche ; il est propriétaire d'un casino et possède une superbe villa...

La jeune fille n'écoutait plus. Elle se leva et se dirigea vers la fenêtre. L'usine se profilait dans la nuit à la lumière des lampadaires. Mais elle ne la voyait pas car elle se remémorait des ruelles grouillantes de monde, des plages ensoleillées, des femmes au visage voilé, des indigènes vêtus de djellabas. Depuis quatre ans, elle s'efforçait d'oublier cette ville... d'effacer de sa mémoire le souvenir de Gary Thornton, des mois de bonheur en sa compagnie jusqu'à ce qu'il la quittât à jamais. Follement éprise, Vivienne ne s'était pas relevée de ce chagrin d'amour.

— Il n'est pas question que je me rende à Tanger, Lucy ; je suis navrée, fit-elle, livide, en se retournant vers son amie.

— Oh, Vivienne ! gémit cette dernière. Je comptais tant sur votre aide ! J'ai commis une bêtise — je le reconnais — en envoyant votre photo ; mais comment aurais-je pu prévoir un dénouement aussi inattendu ?

Vivienne était tiraillée entre le désir de secourir sa compagne et l'effroi de se plier à ce plan. Le destin était parfois ironique ! Alors qu'elle-même s'évertuait à rayer tout exotisme de son existence, à refuser tout contact avec les hommes, Lucy, elle, en rêvait, telle une fleur se languissant du soleil.

— Vous exigez beaucoup de moi, prononça-t-elle.

— Je sais. Mais s'il existait une autre solution, je n'aurais pas imploré votre aide.

Un silence tomba alors entre elles. Vivienne imagina le malheureux jeune homme qui attendait, plein d'espoir, de rencontrer la femme de ses rêves. Comme

Lucy était sa meilleure amie, elle énonça d'une voix blanche :

— Où sont les lettres ?

Vivienne passa une partie de la nuit à lire. Elle éprouvait le sentiment de profaner un merveilleux secret au fur et à mesure que s'épanchaient les deux jeunes gens... que leurs missives se faisaient plus intimes, leurs confidences plus tendres. Robert et Lucy étaient finalement tombés amoureux et la jeune fille n'en était que plus inquiète. Comment en effet pourrait-elle se substituer à sa camarade, si bonne, si douce ?

Le lendemain matin, un télégramme était envoyé à Tanger et quelques heures plus tard, elle se dirigeait vers l'aéroport. Lucy l'avait aidée à boucler ses bagages et en lui adressant des adieux touchants, l'avait suppliée de la tenir au courant de l'état de santé de son correspondant.

Le vol se déroula sans incident. Cependant, lorsque l'avion atterrit à Tanger, Vivienne, affolée soudain, dut s'armer de courage pour poser le pied sur le sol marocain.

Elle pénétra dans l'aérogare et se fraya un chemin parmi les porteurs aux vêtements élimés, la foule bruyante et bigarrée. Le ciel bleu d'outremer, les minarets roses nimbés d'or sous le soleil du crépuscule, la frappaient au cœur d'autant de coups de poignard. *Non, elle ne voulait pas se souvenir. Elle refusait de se souvenir !*

Grande, mince, vêtue d'un tailleur vert pâle et d'un chemisier blanc, Vivienne s'avérait tout naturellement une proie facile pour les guides, les rabatteurs, les marchands ambulants. Elle avait beau ne pas prêter attention à ces hommes à la peau café au lait, habillés de djellabas malpropres, qui lui avaient emboîté le pas pour lui proposer leurs services, elle n'en devint pas moins excédée par leur présence accaparante, leurs cris plaintifs. Tout à coup, un ordre retentit et les importuns s'écartèrent aussitôt pour laisser passer un inconnu, la mine sévère, portant un élégant costume clair.

— Miss Blyth ? Miss Vivienne Blyth ? prononça-t-il d'une voix grave, bien modulée, tout en la détaillant d'un œil sceptique.

— C'est exact, répondit-elle du même ton froid.

— Trent Colby. Le frère de Robert.

Puis, faisant signe à son domestique :

— Abdul se charge de vos bagages. La voiture nous attend dehors.

Le crépuscule embaumait le mimosa et la fleur de citronnier ; ces parfums avivèrent en Vivienne une douleur atroce. Devant la limousine noire, Abdul, en djellaba grise et tarbouch rouge, leur ouvrait la portière.

Quelques instants plus tard, le véhicule filait sur la route. La jeune femme s'efforçait de ne pas regarder le paysage — si étonnamment vert pour l'Afrique — mais la vue des dattiers, des tamaris, des maisons de terre rouge réveillait en son cœur une souffrance longtemps refoulée. Ces quatre années n'avaient pas suffi à atténuer son chagrin. Au bout d'un moment, Vivienne se rendit compte que son voisin l'observait. Elle avait un rôle à jouer, se rappela-t-elle, en se redressant vivement sur son siège.

— Robert parle constamment de vous, fit Trent Colby avec un regard glacial. Vous correspondez assidûment, paraît-il. C'est une curieuse façon de tomber amoureux ; vous ne trouvez pas ?

— Les âmes sœurs n'ont pas besoin de contact physique, monsieur, rétorqua-t-elle d'un ton caustique. Robert et moi sommes faits l'un pour l'autre et nous l'avons compris dès le début. Mais vous, vous n'y croyez manifestement pas.

— En effet ! riposta-t-il avant d'ajouter avec un coup d'œil perçant : vous êtes ici uniquement parce que Robert vous réclame et je compte sur vous pour le rendre heureux. Si jamais vous vous aperceviez vous être trompée sur vos sentiments, je vous déconseille fortement d'essayer de vous dérober à votre devoir. Je ne veux pas voir mon frère souffrir ; m'avez-vous saisi ?

Trent Colby était doté d'une personnalité puissante. Il émanait de cet homme une maturité, une force peu communes qui se manifestaient non seulement par son ton péremptoire, mais par ses épaules larges sous le veston bien coupé, son visage hâlé aux traits accusés, ses yeux bleus scrutateurs voilés d'une ombre de tristesse.

— Ma présence à Tanger ne vous enchante guère, n'est-ce pas ? déclara froidement Vivienne.

Il haussa les épaules.

— Quand j'avais l'âge de Robert, les garçons n'avaient pas la même conception de l'amour ; ils avaient envie de serrer leur fiancée dans leurs bras et non de l'aimer par correspondance.

— Cela ne vous a pas adouci pour autant !

Il ébaucha un sourire.

— Il en va de même pour vous. Dites-moi... pourquoi cet attachement à Robert ? Vous n'avez pourtant pas l'air d'une femme à vous contenter d'un amour platonique. Vous me semblez, au contraire, avoir une certaine expérience de la vie !

— Avant sa maladie, Robert ne menait certainement pas une existence d'ermite ! jeta son interlocutrice, piquée au vif.

— Mon frère n'a que vingt-quatre ans. C'est encore un enfant quand il s'agit de comprendre les fantasques humeurs féminines. S'il m'avait écouté, vous ne seriez pas ici aujourd'hui. Mais puisque c'est chose faite, vous avez intérêt à ne pas vous dérober.

Vivienne se rappela les sanglots de Lucy la veille et rétorqua :

— Vous vous trompez peut-être à mon sujet ; n'y avez-vous pas songé ? Il arrive que des femmes — et des hommes — s'éprennent follement de leur correspondant !

— Eh bien, j'espère, Miss Blyth ou plutôt Vivienne puisque vous ferez désormais partie de la famille — que vous ne vous êtes pas trompée, énonça-t-il, mi-narquois mi-sceptique.

Celle-ci tourna la tête vers la fenêtre. Leurs caractères n'étaient pas faits pour s'accorder, songea-t-elle. Trent Colby se montrait soupçonneux à son égard et ne se gênait pas pour lui témoigner son antipathie.

Elle posa son regard sur l'intérieur luxueux de l'automobile. A travers la glace de séparation bleutée, elle voyait Abdul manœuvrer avec dextérité dans la circulation dense. A ses côtés, sur la banquette arrière, Trent Colby portait un costume coûteux, des boutons de manchette en or et à son poignet, une montre de précision, en or également. Vivienne avait noté tous ces détails avec une moue de dégoût. Elle savait comment il gagnait sa vie ; les hommes qui s'enrichissaient aux dépens des autres ne l'intéressaient guère. La limousine quitta les boulevards pour escalader les collines verdoyantes. Vivienne entraperçut les murs ocres de la casbah, la grande mosquée, les innombrables dômes et minarets... toutes ces beautés qu'elle avait tant cherché à oublier étaient là, sous ses yeux, à la défier. Comme elle avait baissé les paupières, Trent Colby jeta avec une pointe de sarcasme dans la voix :

— Profitez-en pour bien regarder le paysage car vous n'aurez pas le loisir d'entreprendre du tourisme, Robert ne peut quitter la maison et il souhaitera votre présence à ses côtés.

Autrement dit, songea la jeune fille, Trent s'attendait à ce qu'elle restât auprès de son frère.

— Je voudrais vous exprimer toute ma sympathie envers Robert... cet affaiblissement si soudain... prononça-t-elle d'un ton qui lui parut banal, affecté. Quand j'ai appris cette nouvelle, j'ai été...

— Robert sait qu'il lui reste très peu de temps à

vivre, l'interrompit-il avec humeur, mais il n'est pas morose pour autant. Il est très gai malgré sa maladie et je désire qu'il le demeure. Votre rôle sera de lui tenir compagnie sans toutefois lui rappeler son infirmité car nous n'abordons jamais ce sujet.

La voiture franchissait les grilles d'une propriété dominant la ville. Une villa de style mauresque — murs blancs, toit rouge, arcades et escaliers tournants — se dressait à l'extrémité de l'avenue.

— Nous l'appelons « Koudia », c'est-à-dire « la colline », expliqua Trent Colby.

La limousine traversa une prunelaie puis une orangeraie pour s'immobiliser enfin sous des cèdres. Ils montèrent ensuite un escalier de marbre et, une fois dans le hall :

— Notre malade se met au lit à dix-huit heures, annonça-t-il avec un sourire antipathique. Vous devrez donc attendre demain pour faire sa connaissance. Nous dînerons dans une heure.

Comme Vivienne se retournait pour suivre Abdul, il ajouta :

— Il n'y a que des hommes dans cette maison. Si vous le souhaitez, j'engagerai une femme de chambre pour vous assister.

— Je puis me tirer d'affaire toute seule, refusa-t-elle.

— A votre guise, répliqua-t-il, une ombre de sarcasme dans la voix.

Et sur ce, il esquissa un bref signe de tête et s'éloigna. Quant à Vivienne, elle avait eu le temps d'apercevoir quelques superbes tapis d'Aubusson et des meubles anciens, et n'en ressentait qu'une aversion plus intense encore envers son hôte.

Le domestique l'introduisit dans une chambre spacieuse dont la décoration ne le cédait en rien au luxe du rez-de-chaussée. Le lit était tendu de damas broché, le tapis rouge était moelleux. Abdul alluma dans la salle de bains, tira les rideaux et s'enquit en anglais avec un fort accent français :

— Mademoiselle désire-t-elle autre chose ?

— Non, Abdul, je vous remercie.

Malgré son aspect rébarbatif, l'employé avait un regard chaleureux et sur ses lèvres flottait un sourire. Vivienne lui sourit en retour comme il quittait la pièce. Elle défit ses valises, fit un brin de toilette et enfila une robe de toile rose. Elle s'installa ensuite devant sa coiffeuse pour rafraîchir son maquillage. Nerveuse soudain, elle scruta son reflet dans la glace. Ses yeux noisette, un peu plus clairs que ses cheveux, ne laissaient toutefois rien deviner de son anxiété. Rassurée, la jeune fille appliqua un soupçon de rouge sur ses lèvres, glissa le tube dans son sac et sortit.

Sur la table de la salle à manger étincelaient une verrerie de cristal, des couverts en argent. Vêtu d'un smoking, son hôte l'attendait.

— Bonsoir, Vivienne, dit-il d'un ton affable que démentait sa moue dédaigneuse. Vous avez trouvé vos appartements à votre convenance, je l'espère ?

— Je serais bien difficile si j'avais un grief à formuler, répliqua-t-elle calmement.

Comme il l'aidait à prendre place sur une chaise à haut dossier sculpté, elle fut vaguement consciente du parfum subtil de son eau de Cologne. Un domestique, vêtu d'un gilet rayé et d'un pantalon bouffant, répondant au prénom de Momeen, était chargé du service. Tout le long du repas, Trent Colby soutint une conversation dont la jeune fille se serait fort bien abstenue.

— Robert vous écrivait à Ayleshurst, près d'Oxford. J'y suis déjà allé. Avez-vous toujours habité là-bas ?

— Non ; j'y ai emménagé il y a quelques années.

— Avec votre famille ?

— Seule. Etant donné que cette petite ville me plaisait, j'y ai cherché du travail. Je suis secrétaire dans une société de vente par correspondance.

— Pourtant, vous ne me semblez pas femme à vous contenter d'un poste subalterne.

L'intéressée continua de manger comme si de rien n'était.

— Je ne suis qu'une petite employée, fit-elle en relevant la tête. Je suis désolée de vous décevoir.

— De toute façon, je m'y attendais.

Après le dessert, un délicieux soufflé, il déclara :

— Mon frère passe le plus clair de son temps dans la piscine ; il est encore capable de se déplacer facilement dans l'eau. Vous le décevrez si vous ne l'accompagnez pas.

— Je nage bien mais... je croyais... prononça-t-elle d'une voix mal assurée.

— Robert n'est pas un infirme souffreteux ; ôtez-vous cette idée de la tête. Sa maladie ne l'empêche pas de se livrer aux mêmes activités que tout jeune gaillard bien portant.

Vivienne sentit le sang affluer à ses joues. Trent Colby s'en rendit compte immédiatement.

— Que se passe-t-il ? s'enquit-il, narquois. Seriez-vous effrayée à l'idée d'avoir des rapports physiques avec un jeune homme que vous n'avez jamais rencontré ?

Elle se ressaisit aussitôt et répondit d'un ton ferme :

— Robert est sûrement aussi agréable et séduisant en personne que dans ses lettres.

Les yeux bleus de son vis-à-vis se rétrécirent imperceptiblement.

— Je suis curieux de savoir comment réagira mon frère en vous apercevant.

La conversation s'engageait sur un terrain dangereux. Elle se leva sans se presser et se dirigea vers la fenêtre. L'interrogatoire de Trent l'avait épuisée, certes, mais le pire était encore à venir. Quelle serait l'opinion de Robert ? Percerait-il son jeu ? Elle eut un frisson mais n'en laissa rien paraître. Le cœur serré, elle regarda les toits de la casbah, les minarets s'élançant dans le ciel étoilé. Son compagnon vint la retrouver et lui offrit une cigarette.

— Votre séjour à Tanger vous plaira-t-il ?

— Je ne suis pas ici pour visiter mais parce que Robert a besoin de moi, répliqua-t-elle avec un triste sourire. Pourquoi aurais-je accompli ce voyage si ce n'est par amour pour lui ?

— Pour connaître un pays exotique, par exemple, fit-il avant d'aspirer une bouffée de fumée. Ou encore pour mener pendant quelque temps une existence oisive dans une somptueuse demeure marocaine.

Voilà donc la raison de ses sarcasmes à peine voilés, de ses sous-entendus ! Il croyait qu'elle était là pour s'amuser... qu'elle avait saisi la première occasion pour lâcher un emploi fastidieux en se servant de Robert comme prétexte... Pauvre Lucy ! Pauvre petite Lucy ! Furibonde, la jeune fille riposta d'un ton de souverain mépris :

— N'allez surtout pas imaginer que tout ce luxe m'impressionne !

Elle montra d'un geste de la main le mobilier de prix, les terrasses en mosaïque baignées de lumière, avant de poursuivre :

— Je ne tiens pas à être associée à ces richesses entachées par le vice !

— Vous savez donc que je possède un casino ? Si je comprends bien, mon métier vous déplaît !

— A vrai dire, je m'en moque, rétorqua-t-elle en levant fièrement le menton. Mais vous êtes mal placé pour me sermonner au sujet de votre frère !

— Vous n'êtes pas de votre temps, Vivienne. De nos jours, le jeu est considéré comme une profession très respectable à laquelle s'adonnent les grands de ce monde.

— Est-ce là la raison de votre choix ? demanda-t-elle, stupéfaite d'avoir le courage de tenir tête à cet homme redoutable.

— Peut-être.

Aussi étonnant que cela pût paraître, il avait feint

d'ignorer la remarque acérée de son invitée. Il jeta un coup d'œil à sa montre.

— Il est justement l'heure d'aller travailler, dit-il. Vous trouverez dans la bibliothèque un excellent choix de livres et des disques de musique classique et moderne.

— Je vous remercie mais je suis fatiguée, prononça-t-elle. Je vais monter dans ma chambre.

— Vous avez raison, fit-il, visiblement déterminé à avoir le dernier mot. Car demain, c'est un grand jour. Robert a hâte de faire votre connaissance et ne doit absolument pas être déçu. Bonne nuit, Vivienne, ajouta-t-il avant de sortir.

Quelques instants plus tard, la voiture démarrait. Vivienne fut envahie d'une peur panique. Elle se trouvait à Tanger, chez des inconnus, et s'était substituée à sa meilleure amie. Avait-elle eu raison de céder aux prières de Lucy ? Elle avait accepté de jouer ce rôle uniquement pour protéger Robert ; mais elle avait compté sans la présence de Trent Colby qui veillait sur son cadet tel le léopard sur son petit, blessé.

Le cœur battant, la jeune femme écouta le vrombissement du moteur se perdre dans la nuit. Il lui faudrait prendre garde car Trent serait sans pitié envers quiconque tenterait de faire du mal à son frère.

2

Dès son réveil, Vivienne reconnut les parfums de cette ville qui lui étaient autrefois si familiers... épices, bois de santal, jasmin. Combien il lui avait été plus facile d'assoupir son chagrin dans la froide et lointaine Angleterre ! soupira-t-elle en se levant.

Elle tira les rideaux et eut un coup au cœur en apercevant la mer étonnamment bleue qui évoquait en elle tant de souvenirs. Nimbée de rose et de mauve sous le soleil du petit matin, la casbah se détachait sur les cyprès sombres et les eucalyptus. Sur sa droite, longeant la plage de sable d'or et partiellement cachés par de hauts palmiers, se dressaient les buildings et les palaces blancs de Tanger. Parmi ces immeubles, boulevard Pasteur, se trouvait l'hôtel Riadh. Parviendrait-elle un jour à oublier ce nom... à oublier cette soirée où elle avait fait la connaissance de Gary ?

Elle ferma les yeux pour tenter d'effacer de son esprit ces douces réminiscences. Pourquoi, oh, pourquoi devait-elle endurer un tel supplice ?

Son affliction fut de courte durée, toutefois. Vivienne s'était trop astreinte depuis ces quatre dernières années à une discipline sévère pour se laisser abattre. Se ressaisissant, elle se dirigea vers la salle de bains.

Après sa douche, elle revêtit une robe chemisier

rayée, se coiffa, prit son sac de paille et sortit de sa chambre.

Le balcon était entouré d'une série d'arcades semblables à celles du rez-de-chaussée ; aux extrémités, dans deux tours blanches, étaient situés les salons de réception. Là jeune fille y jeta un coup d'œil ; au gracieux mobilier Louis XV, on avait ajouté des lampes filigranées typiquement marocaines, de lourds coffres sculptés, des objets en cuir. Elle ébaucha un sourire entendu devant un tel luxe. Puis elle emprunta l'escalier extérieur pour descendre sur la terrasse. A travers une rangée de palmiers et d'arbrisseaux en fleurs, elle perçut alors des éclats de voix ; sans doute la piscine se trouvait-elle de ce côté, songea-t-elle, le cœur battant la chamade. Robert était là, il l'attendait avec impatience. Où trouverait-elle le courage de franchir cette haie ? Soudain, cette vaste supercherie lui parut complètement démente. Jamais elle ne réussirait à se faire passer pour l'auteur de ces lettres ! Vivienne caressa même l'idée d'aller trouver Trent Colby sur-le-champ, de lui avouer son imposture et de repartir immédiatement. Mais elle revit alors le petit visage éploré de Lucy... elle imagina le jeune homme, paralysé, cherchant avidement un peu de bonheur pour égayer les dernières semaines qu'il lui restait à vivre.

Elle n'avait pas le choix. Prenant son courage à deux mains, elle descendit les quelques marches menant à une seconde terrasse où une superbe piscine se nichait parmi une végétation luxuriante. Il y avait là deux personnes, dont un domestique ; oui, c'était bien un fauteuil roulant.

La gorge nouée, Vivienne s'avança sur le pavement de mosaïque. Elle marchait avec grâce, sans gêne aucune tout à coup, et sentait sur ses bras nus la chaleur du soleil. Puis elle parvint aux côtés de Robert et avec un doux sourire, se lança sans peine dans ce rôle qu'elle avait accepté de jouer.

— Vivienne ! Enfin ! s'exclama l'invalide en lui saisissant les mains.

— Robert ! Il y a si longtemps que je voulais vous rencontrer ! répliqua-t-elle avec sincérité.

Puis, timidement, ils s'écartèrent. Vivienne observa le jeune homme en tendant de donner à son regard une lueur affectueuse. Très bronzé, il avait les prunelles bleu foncé ; mais ses cuisses, ses bras, ses épaules semblaient rongés par l'intérieur. Elle eut la gorge nouée. Avec un sourire, toutefois, elle ne le quitta pas des yeux même si elle brûlait de hurler la cruauté du destin.

Robert avait les cheveux fournis et très blonds ; il ressemblait à son aîné mais ses traits étaient plus fins. Bref, il était très séduisant.

— Votre chevelure est exactement comme sur la photo, prononça-t-il en tendant la main pour effleurer la tête soyeuse de la jeune fille. Et vous êtes telle que je l'imaginais... Comme vous êtes belle !

Vivienne lui jeta un coup d'œil admiratif et répliqua en riant :

— Si je vous avouais quel effet vous produisez sur moi, vous seriez bouffi d'orgueil !

Il lui adressa un sourire enjôleur et tourna légèrement son fauteuil pour lui présenter le domestique qui, la mine déférente, se tenait debout derrière lui.

— Voici Haroun. Il me transporte à la piscine quand j'ai envie de me baigner et le soir, il me borde dans mon lit.

Plus grand qu'Abdul, les biceps de la grosseur de la taille de Vivienne, Haroun portait un pantalon blanc, une veste de couleur crème et un turban. Quand la jeune fille était arrivée un peu plus tôt, Haroun et son jeune maître conversaient gaiement.

— Il parle aussi bien l'anglais que moi, l'arabe, mais nous nous débrouillons ! N'est-ce pas, Haroun ? fit Robert.

L'employé n'avait manifestement rien compris mais il n'en répondit pas moins :

— Oui, Seigneur.

— Ne prêtez pas attention au titre, recommanda Robert avec un clin d'œil. Haroun est un Ouarzate ; les membres de sa tribu sont persuadés que les hommes blonds sont les véritables descendants du prophète. Trent l'a emmené de Marrakech. Je suis loin d'être un poids plume et personne à Tanger n'était disposé à accepter cet emploi, expliqua le jeune invalide en riant. Haroun m'enseigne l'arabe. Quand j'essaie de le parler, j'ai l'impression d'être un chameau qui se racle la gorge ; mais je tiens à l'apprendre pour pouvoir mieux communiquer avec lui.

Alors qu'il lui restait si peu de temps à vivre ! Vivienne prit garde de ne témoigner aucune réaction même si le courage de Robert l'impressionnait. Elle causait avec lui lorsque Trent apparut par une brèche dans la haie d'hibiscus, de l'autre côté de la piscine. Sans doute avait-il fait en sorte d'assister sans être vu à cette première rencontre entre les deux jeunes gens. A cette pensée, Vivienne rougit violemment... d'abord d'anxiété : avait-elle joué son rôle d'une façon convaincante ?... puis d'indignation ! Trent, de toute évidence, n'avait aucune confiance en elle.

Il était vêtu ce matin-là d'un pantalon jaune pâle impeccablement coupé, et d'une chemise de soie imprimée. Détendu, sûr de lui, il était âgé, jugea Vivienne, de dix à quinze ans de plus que son frère. Avec ses cheveux bruns, son visage taillé à la serpe, il était fort bel homme, elle devait le reconnaître.

La jeune fille ne laissa rien paraître, toutefois, de ses réflexions et s'appliqua plutôt à prendre une mine désinvolte tandis que son hôte approchait.

— Bonjour, Vivienne, fit ce dernier avant d'adresser à son cadet un regard affectueux. Eh bien, mon vieux, ajouta-t-il, taquin, j'ai tenu ma promesse, n'est-ce pas ? Es-tu heureux ?

— Vivienne est encore plus merveilleuse que je ne l'avais cru ! s'exclama Robert en prenant la main de la visiteuse. Trent s'est fait prier pour accueillir une femme dans cette maison, expliqua-t-il à Vivienne. C'est un célibataire endurci et il se montre de plus en plus difficile sur le choix de ses invités.

— Je tâcherai de ne pas le déranger, répliqua-t-elle.

— Ne marchez pas sur la pointe des pieds pour autant ! Une présence féminine — je l'admets — s'avère un élément décoratif dans une maison, déclara Trent d'une voix doucereuse tout en lui avançant une chaise avant de s'asseoir à son tour.

Robert voulut tout savoir sur l'arrivée de sa compagne... l'accueil à l'aéroport, le trajet en voiture jusqu'à la villa. Trent et Vivienne répondirent à ses questions mais omirent de mentionner les ripostes glaciales dans l'automobile, l'atmosphère tendue durant le dîner. Tandis qu'ils parlaient, Robert, néanmoins, les observait tour à tour comme s'il avait deviné la mésentente derrière leurs sourires.

Pendant ce temps, Abdul et Momeen mettaient le couvert sur un belvédère situé dans un coin de la terrasse. Quand le petit déjeuner fut servi, Trent se leva, suivi de la nouvelle venue ; Haroun aida Robert à enfiler un peignoir de coton puis poussa son fauteuil jusqu'à la table.

Le panorama était splendide. A la vue de ces lieux dont elle gardait la nostalgie, la jeune fille eut un coup au cœur et bêtement, tourna le dos au paysage. Trent esquissa une moue ironique.

— Toute bonne invitée est censée se pâmer devant cette vue magnifique de la casbah et du port !

— Je ne raffole pas des hauteurs, répliqua calmement l'intéressée en dépliant sa serviette.

En prononçant cette phrase, elle avait failli commettre une bévue, devait-elle se rendre compte aussitôt.

— Vous plaisantez, Vivienne ! s'écria Robert, rieur, en versant du lait dans son thé. Cette colline est à peine plus haute qu'une fourmilière ! Rappelez-vous le jour où vous vous êtes retrouvée sur une meule de foin à la ferme paternelle ! Vous me l'avez écrit ; l'auriez-vous déjà oublié ?

Le regard de Trent se fit inquisiteur.

— Vous êtes fille de fermier ? Ah bon ! prononça-t-il en détaillant ouvertement les épaules étroites, les poignets fins de la jeune fille.

— Elle a du cran, de surcroît ! renchérit fièrement le jeune homme. Figure-toi qu'un jour elle a grimpé sur une meule de foin pour atteindre le sommet d'une grue, soit à quinze mètres du sol, afin de dégager une poulie qui était coincée.

— Quelle audace ! acquiesça Trent en scrutant l'intéressée de ses yeux bleus.

— Il y a belle lurette que je n'ai pas travaillé à la campagne, se hâta de répliquer Vivienne tout en luttant contre la rougeur qui envahissait ses joues.

A son grand soulagement, on apporta sur ces entrefaites le breakfast. Le ton de la conversation changea, se fit badin. On leur présenta de l'espadon grillé, des fruits de mer, de l'agneau, des foies de volaille, sans compter le miel de Valence, les dattes du sud du Maroc, les figues fraîches et les mandarines. Ce vaste choix de plats savoureux avait sans doute pour but de stimuler l'appétit de Robert, songea Vivienne.

Le jeune invalide se passionnait pour l'histoire de Tanger ; et tout en chipotant ces mets pourtant délicieux, il raconta à son amie mille anecdotes sur sa ville d'adoption, cherchant visiblement à la mettre à son aise. Celle-ci se détendit donc peu à peu.

Momeen s'occupait du service et se montrait aux petits soins envers la jeune fille. Les fameuses dattes de Tafilalet avaient beau être exquises, néanmoins Vivienne dut refuser avec fermeté quand il lui présenta le plat pour la seconde fois.

— Si Mademoiselle le permet, je vais lui resservir de ces gouttelettes de soleil.

— Elles sont délicieuses, Momeen, mais j'ai très bien mangé.

— Pour traverser le jardin, un oiseau aurait mangé plus que Mademoiselle !

— Quelle sorte d'oiseau, Momeen ? Un gros dindon ? Ou un canard ? fit-elle en riant.

Sans y prendre garde, Vivienne avait eu recours à la langue française. Ce n'est qu'après coup qu'elle s'en rendit compte. Trent l'observait intensément.

— Vous parlez un excellent français, Vivienne.

— Je vous remercie, répondit-elle poliment.

Cette fois, elle dut déployer un effort pour empêcher le sang d'affluer à ses joues. Après tout, il n'y avait aucun mal à être capable de converser dans cette langue communément utilisé à Tanger ! Beaucoup de gens la connaissaient ! Elle voyait des pièges là où il n'y en avait pas ; sans doute était-elle victime de ses nerfs, décida-t-elle.

Après le petit déjeuner, Trent ne rentra pas dans la maison ; à la grande consternation de la jeune Anglaise, il les accompagna à la piscine et s'asseyant à une table, entreprit de compulser des documents.

Vivienne s'installa à côté de Robert. Elle aurait donné beaucoup pour jouir d'un peu de répit. Trent avait envie de consacrer le plus clair de son temps à son frère ; quoi de plus naturel ? Mais d'un autre côté, c'était épuisant pour la jeune fille de se tenir constamment sur ses gardes. Toutefois, elle s'inquiétait sans raison car Robert, lui aussi, commençait à trouver la terrasse surpeuplée.

— Vivienne et moi allons faire une promenade, Trent, annonça-t-il. Je vais lui montrer le parc.

L'intéressé releva la tête et haussant un sourcil narquois, prononça d'un ton sec.

— Ne vous inquiétez pas pour moi.

Haroun s'approcha pour conduire le fauteuil roulant. Robert l'arrêta aussitôt.

— Vivienne m'aidera.

— Ce sera trop lourd pour elle, Robert, fit remarquer son frère.

— Je vais me débrouiller, j'en suis sûre, répliqua la jeune fille.

Elle aurait poussé volontiers un char d'assaut pour échapper à cet homme pendant un moment !

Robert lui donna quelques indications et ils contournèrent la piscine pour franchir la brèche dans la haute haie d'hibiscus. Les jardins étaient superbes. Au centre d'un bassin en forme d'étoile, carrelé de mosaïques aux coloris somptueux, murmurait une fontaine. Ce plan d'eau était entouré de palmiers et de bananiers. Un sentier menait vers une tonnelle où croissaient vigne et jasmin et débouchait ensuite sur des pelouses bien entretenues, bordées de parterres de fleurs délicieusement parfumées, où poivriers et cèdres jetaient çà et là un peu d'ombre.

Ils passèrent devant une gloriette de style mauresque surmontée d'un dôme ; puis devant des bancs nichés parmi les lauriers-roses. A travers le feuillage, on apercevait les vergers, havre de paix pour qui voulait s'isoler des bruits de la médina.

Vivienne aperçut des femmes berbères travaillant d'arrache-pied dans l'orangeraie. Elle esquissa un sourire acerbe. Trent était probablement très satisfait de ce petit empire qu'il s'était créé à Tanger... avec l'argent d'autrui. Il ne semblait guère gêné de l'origine de ses revenus.

Là où les jardins descendaient en pente douce vers les vergers, fleurissaient des azalées, des asters, des viornes d'un blanc immaculé. Robert, cependant, n'était pas intéressé par le paysage. Il fit signe d'arrêter ; à travers la végétation, l'on entrevoyait la mer couleur d'azur.

— Vivienne ! énonça-t-il en lui saisissant la main. Nous nous retrouvons enfin. Si vous saviez avec quelle impatience j'ai attendu cet instant !

Elle aperçut alors dans les yeux très bleus du jeune

homme une ombre d'effroi, une anxiété, un appel au secours qui la touchèrent jusqu'au tréfonds de son être. Aussi répondit-elle avec chaleur :

— Robert, je ne désire que votre bonheur.

— Embrassez-moi, Vivienne. J'ai besoin de votre amour... de vous sentir près de moi !

Il l'attira vers lui et chercha sa bouche avec passion. La jeune fille réprima un mouvement de recul. Alors que depuis tant d'années elle n'avait pas embrassé un homme, ce baiser fouetta ses sens. Elle se rappela Gary... Gary la serrant contre lui... écrasant ses lèvres. Ce n'était pas Gary, toutefois, mais un autre et cette idée lui était insupportable. Robert, enfin, relâcha son étreinte et lui jeta un regard perplexe.

— Vos lettres promettaient davantage mais pour le moment, je m'en contente.

Pour cacher son sourire contraint, Vivienne passa une main dans la tignasse blonde.

— Qui vous coupe les cheveux ? Vous avez l'air d'un naufragé bien nourri.

— Haroun les tond quand ils commencent à me gêner. Vous pourrez vous en occuper ; je vous promets d'être bien sage et de ne pas bouger.

Il avait parlé d'un ton badin mais Vivienne lut dans ses prunelles une telle gravité qu'elle en eut le cœur serré. Non, il ne fallait pas qu'il souffre ! Quoi qu'il arrive...

— Je les aime ainsi, dit-elle en caressant de la main la toison blonde comme les blés. Je ne veux vous changer en rien.

Robert prononça d'une voix rauque d'émotion :

— Vivienne, ma douce, combien nous allons nous amuser ! Attendez de me voir dans la piscine ! Dans l'eau, je me déplace aussi vite que n'importe qui... Je vous conseille de prendre garde ! jeta-t-il, taquin.

— Je parie que vous n'arriverez pas à me rattraper : répliqua-t-elle gaiement.

— Vous crânez ! Vous ne faites que barboter, vous me l'avez écrit !

Vivienne soutint sans broncher le regard du jeune homme. Pourquoi ne réussissait-elle pas à se souvenir du contenu des lettres de Lucy ? Décidément, elle n'avait aucune mémoire !

— Je me suis beaucoup exercée depuis, fit-elle, désinvolte. Et je suis maintenant une bonne nageuse.

Il lui tira alors tout doucement la main pour qu'elle s'assoie sur le bras de son fauteuil.

— Dites-moi... quand vous êtes-vous rendu compte que vous m'aimiez ?

La jeune fille souhaita ardemment que son compagnon ne sentît pas son cœur battre plus vite. Quand ? Quand donc ? Affolée, elle tenta de se rappeler et répondit d'un ton léger :

— Oh, très tôt ! Presque au tout début.

L'espace d'un instant, il parut profondément déçu.

— Vous ne pouvez pas avoir oublié cette semaine-là ! énonça-t-il avec un pauvre sourire. Je vous avais envoyé quelques fleurs d'oranger ; vous les aviez glissées avec un brin de bruyère dans un recueil de poésies pour ensuite me le faire parvenir... *Entendre l'alouette prendre en chantant son envol dans la sombre nuit...* cita-t-il doucement.

Vivienne ne connaissait pas ces vers. Elle éclata d'un rire embarrassé.

— Bien sûr ! Mais à présent, je suis ici et c'est ce qui importe, non ?

Elle s'en était tirée de justesse. Robert entoura sa taille d'un bras et la serra contre lui.

— Vous êtes bien jolie mais quelle piètre mémoire ! Je ne vous en veux pas toutefois et je vous aime.

Elle effleura sa tempe d'un baiser. Elle éprouvait à la fois un soulagement intense et, aussi étrange que cela pût paraître, une profonde affection envers le jeune homme. Ce sujet de conversation était néanmoins trop épineux ; aussi fit-elle en sorte de détourner la discussion.

— Les ouvrières arrosent-elles toujours les arbres de cette façon ? s'enquit-elle en pointant le doigt vers les paysannes qui édifiaient de petits remparts de boue.

— Elles font ainsi dévier l'écoulement d'une rigole à l'autre ; chaque arbre obtient sa ration d'eau.

Il lui décrivit ensuite les divers travaux en cours dans la propriété, lui expliqua que les pruniers seraient bientôt en fleur et que l'on cherchait à lancer sur le marché une nouvelle variété de narcisses très parfumés. Son interlocutrice écoutait avec avidité. Tant que la conversation demeurait d'intérêt général, elle ne s'inquiétait pas. Robert, cependant, était si heureux d'avoir la jeune fille auprès de lui que de temps à autre, il revenait à eux, à leur correspondance. Pour éviter de commettre d'autres bévues, elle s'empressait alors de faire des projets pour les jours à venir.

Le soleil était presque à son zénith lorsqu'ils reprirent le chemin de la maison. Robert choisit un parcours différent qui traversait un site enchanteur, voire mystérieux. Là se dressait, parmi des murs de pierre couverts d'une végétation grimpante, un pavillon en ruine. Cette construction élégante de brique rose avait l'aspect d'une pagode ; le deuxième étage en terrasse offrait sans doute une vue imprenable sur la ville.

— C'est un *minzah* construit autrefois pour recevoir des invités, fit Robert, amusé par la mine enthousiasmée de la jeune fille. Pour le moment, il est habité par des pigeons !

Ils franchirent ensuite une arcade festonnée. Dans un bassin se réfléchissait la nature luxuriante ; des herbes folles poussaient à profusion dans des urnes de pierre. Il régnait dans ce lieu un silence accablant. Puis ils empruntèrent un sentier à travers un massif de mimosas et quelques instants plus tard, parvenaient à la villa. Vivienne confia son compagnon à Haroun et monta chez elle. Elle était à bout de forces ; non pas de fatigue, car elle n'avait pas eu de peine à pousser le fauteuil, mais de tension nerveuse tant elle avait craint de commettre une bévue. Elle n'eut pas le loisir de se détendre, néanmoins, car elle venait tout juste de se rafraîchir le visage et de se donner un coup de peigne que vibra le gong annonçant le déjeuner.

Le repas était servi dans une pièce circulaire, au mobilier magnifique, qui donnait sur un jardin clos embaumant la rose et le gardénia. Quand elle pénétra dans cette petite salle à manger, son cœur s'arrêta de battre, l'espace d'un instant, car Trent était là.

Sur la table étaient disposés de la vaisselle de porcelaine et des cristaux de prix. Ces changements constants de décor, ces petites attentions charmantes avaient sans doute pour but d'égayer le jeune invalide, de lui permettre d'oublier son existence triste et monotone. Trent dépensait sans compter pour faire plaisir à son frère. Vivienne esquissa une moue irritée. Cet homme n'avait aucun scrupule à prendre l'argent de joueurs malchanceux ; cependant — la jeune fille l'admettait à contrecœur — il protégeait son frère malade avec une tendresse, une affection touchantes.

La cuisine était exquise mais la jeune Anglaise ne parvint pas à la savourer pleinement car elle resta sur ses gardes durant tout le repas. Quant à Robert, il affichait une excellente humeur.

— Le casino de Trent est typiquement marocain, expliqua-t-il à son invitée. Perroquets en cage aux murs, abat-jour ornés de franges sur les tables... J'y suis allé un soir quand nous avons emménagé à Tanger. La clientèle est formée d'Arabes portant le tarbouch et d'aristocrates européens en jean. On peut tout y consommer, depuis un thé jusqu'à un excellent cognac, et dans la salle de jeu, risquer des sommes de l'ordre de un à dix mille francs en monnaie locale.

— Et le tout vient aboutir dans les coffres familiaux, intervint son interlocutrice d'un ton léger tout en jetant sur Trent un coup d'œil intrépide.

— Les chances sont partagées également, fit ce dernier avec un haussement d'épaules. La banque peut gagner comme elle peut tout aussi bien perdre.

— Et elle ne s'embarrasse pas de scrupules, insista Vivienne. Des foyers se brisent, des fortunes s'engloutissent... la banque s'en moque !

L'aîné des Colby se versa un second verre de bordeaux avant de répondre nonchalamment :

— Le jeu est une occupation vieille comme le monde. Je me borne uniquement à fournir aux joueurs la possibilité de pratiquer leur sport favori.

— A mon avis, c'est une façon subtile d'encourager les faiblesses du genre humain, trancha la jeune fille d'une voix haletante.

— Malheureusement, les membres du beau sexe considèrent les casinos comme des lieux de péché... où l'on risque de perdre son âme. Pour un homme, en revanche, cette activité divertissante fait appel à tous ses sens.

— Sauf peut-être à son bon sens !

Pour masquer ce désaccord entre Trent et elle-même, la jeune fille ajouta en riant :

— J'insiste pour avoir le dernier mot. De toute façon, Tanger est à mon avis une ville trop belle pour être gâchée par ce type de divertissement.

— Chaque éden possède son serpent ! s'empressa de répliquer le maître de maison avec un sourire affable.

Sur ces entrefaites, Robert déclara :

— Il est près de deux heures ! Trent, dis à Momeen de se presser pour le dessert. Je veux montrer à Vivienne comme je nage bien !

Jusqu'à la fin du repas, ils parlèrent à bâtons rompus. Sur les instances de son frère, toutefois, le jeune invalide dut se résigner à entreprendre d'abord une sieste avant de se rendre à la piscine. Vivienne put donc jouir d'une heure de solitude dans sa chambre. Mais bientôt Robert lui cria depuis le rez-de-chaussée de venir le retrouver.

Lucy avait glissé dans la valise un bikini de satin et un maillot vert pâle. L'Anglaise revêtit le costume de bain puis un peignoir et descendit à la terrasse. Son compagnon était déjà dans l'eau et Haroun faisait les cent pas autour du bassin, prêt à intervenir à tout moment si son jeune maître réclamait son aide. La nouvelle venue se sentit gênée de retirer sa sortie de bain car Trent était assis tout près et consultait des documents. Cependant, comme le nageur l'appelait à grands cris, elle dut se résoudre à déposer ses effets sur une chaise et à le rejoindre.

Une fois dans l'eau, elle oublia sa nervosité. Robert la saisit dans ses bras musclés pour la jeter un peu plus loin. Etranglée de rire, elle se mit à nager de toutes ses forces ; mais le jeune homme était doté d'une vigueur étonnante et eut tôt fait de la rattraper. Au bout d'un moment, elle était épuisée mais se sentait néanmoins étrangement à l'aise. Tandis qu'elle folâtrait dans la piscine, elle ne craignait plus de commettre des impairs, de répliquer maladroitement à une remarque de Robert ou encore de se faire prendre en défaut par Trent. Aussi, pour la première fois depuis son arrivée à Koudia, commença-t-elle à se détendre quelque peu.

Un peu plus tard, étendus sur des coussins pneumatiques, Vivienne et Robert dégustèrent des boissons fraîches. Le jeune invalide, toutefois, était las ; et quand le soleil commença à décliner, son frère aîné se leva et prenant le peignoir de leur invitée, proposa à cette dernière :

— Venez vous essuyer, il fera frais dans une demi-heure.

Son ton n'admettait aucune réplique. L'intéressée obéit aussitôt. Trent tendit une main pour l'aider à sortir de l'eau ; quand leurs doigts se touchèrent, elle sentit un courant de vitalité la parcourir. Il posa ensuite le peignoir sur ses épaules, leurs regards se croisèrent un court instant. Quand elle se retourna, Haroun avait installé son jeune maître dans son fauteuil roulant.

— J'ai passé une journée merveilleuse, Vivienne, dit Robert. J'ai hâte d'être à demain.

Il l'attira vers lui et l'embrassa sur la bouche ; après quoi, Vivienne se sentit obligée de le suivre dans la maison. Elle comptait elle aussi se réfugier dans sa chambre pour la soirée mais entendit alors Trent prononcer d'un ton cérémonieux :

— Le repas sera servi à l'heure habituelle, Vivienne.

Une fois dans ses appartements, la jeune fille ébaucha un triste sourire. Son hôte ne la quitterait pas d'une semelle tant qu'il ne serait pas rassuré sur ses intentions. Et lorsque vint le moment de descendre dîner, elle était si tendue à l'idée de manger en compagnie de Trent que son cœur battait à tout rompre. Au diable cet homme. Pourquoi se laissait-elle démonter ainsi ? Elle jouait un rôle, certes, mais non pas pour les raisons qu'il soupçonnait !

Vêtu d'un smoking, car il devait ensuite se rendre au casino, Trent l'attendait dans la pièce où ils avaient dîné la veille. Dès qu'ils furent assis à table, la jeune fille sut aussitôt que ses craintes n'avaient pas été sans fondement.

— Toutes mes félicitations, Vivienne ! lança-t-il avec un sourire glacial. Robert semble être tombé sous votre coupe !

Elle sentit la colère monter. Elle mourait d'envie de lui adresser une réplique cinglante mais songea à Lucy et s'efforça de répondre avec calme :

— Je suis contente de recevoir votre approbation.

Une lueur ironique étincela brièvement dans les yeux de son interlocuteur, devant l'habileté de son invitée. Sur ces entrefaites, Momeen vint servir. Très à l'aise en présence de son maître, il vanta en français l'excellente soupe au pistou et les croquettes à la parisienne. Vivienne se garda d'étaler son savoir dans cette langue même si le mal était déjà fait. Son compagnon avait-il deviné le cours de ses pensées ? Toujours est-il qu'entre deux services, il jeta, impitoyable :

— Vous nagez merveilleusement bien... comme si vous aviez déjà passé tous vos loisirs à vous prélasser près d'une piscine.

— J'ai pris des leçons dans une école, prononça-t-elle en tentant de maîtriser le tremblement de sa voix.

— Est-ce là où vous avez appris à parler couramment le français ?

— Non, fit-elle en souriant. C'est plus tard. Je connais également l'espagnol, ajouta-t-elle, bien déterminée à le contrarier.

— Vous m'étonnez. Ce sont deux langues très répandues à Tanger.

Elle rougit violemment. Cet homme avait l'art de la prendre en défaut. Pour cacher sa confusion, elle déclara d'un ton désinvolte :

— Il existe des gens doués pour les langues. J'en fais partie.

— Pour une fille de fermier, ce n'est pas mal !

— Il y a toutes sortes de fermiers, répliqua-t-elle.

Il détailla alors son invitée, nota d'un coup d'œil sa coiffure toute simple, son chemisier de couleur crème, sa jupe blanche sans prétention.

— C'est vrai.

Durant tout le repas, Vivienne dut jongler avec des remarques du même style. Elle avait le sentiment d'être une souris coincée entre les pattes d'un chat. Seul le souvenir de Lucy la forçait à sourire d'un air imperturbable mais en réalité, son compagnon l'irritait profondément.

Après le café, elle aurait donné beaucoup pour courir s'enfermer dans sa chambre ; le bon sens, toutefois, lui dicta de rester. Et comme si elle ne craignait aucunement la présence de Trent, elle se dirigea vers la fenêtre pour admirer le ciel étoilé. La rumeur de la ville ne parvenait pas à couvrir l'incessant va-et-vient de la mer sur la plage et, tout près, le gazouillis des oiseaux dans le jardin. Il vint la retrouver. Il glissa une main dans la poche intérieure de son veston, y prit un étui en or et lui offrit une cigarette.

— Quelle a été la réaction de votre père en apprenant votre départ pour Tanger ?

Affolée, elle baissa la tête pour s'approcher de la flamme du briquet. Le père de Lucy ? Il n'était sûrement pas au courant de la correspondance de sa fille. Elle releva les yeux et, exhalant une bouffée de fumée, déclara :

— Je suis assez grande pour agir à ma guise.

— C'est vrai, admit-il Vous avez l'âge de Robert, si je ne m'abuse.

— Presque. J'ai vingt-trois ans.

Cette fois, elle ne mentait pas. Il l'examina longuement avant de déclarer d'une voix nonchalante :

— Je croyais que de nos jours les jeunes filles se mariaient plus tôt.

— Nous ne nous précipitons pas toutes pour nous trouver un mari dès nos études terminées ! D'ailleurs, vous non plus, vous n'êtes pas encore marié ! Et pourtant, vous avez trente-cinq... trente-six ans !

— Trente-sept, corrigea-t-il. J'ai été très pris jusqu'ici ; mon travail occupe une bonne partie de mon temps. Voilà pourquoi j'ai toujours tenu les femmes à distance.

— Dois-je en conclure qu'il n'existe pas de joueuses ? s'enquit Vivienne en feignant l'étonnement. Chaque éden possède son serpent, railla-t-elle en tapotant sa cigarette pour faire tomber la cendre dans le cendrier. Et d'innombrables Eve, sans aucun doute.

Une image, qui l'agaça singulièrement, lui vint alors à l'esprit. Elle vit Trent, au casino, assiégé par une foule de ravissantes créatures.

— Il en existe suffisamment pour donner du piquant à mon existence, répliqua-t-il avec son rire suffisant. Et puisque nous abordons la question, ce ne serait pas une mauvaise idée de témoigner davantage d'affection à mon frère quand vous lui souhaitez une bonne nuit !

Cramoisie, elle murmura :

— Nous correspondons depuis plusieurs mois mais je l'ai rencontré aujourd'hui pour la première fois.

— Robert, pourtant, n'a pas eu votre réaction ! Il est jeune, impétueux et il aimerait que vous éprouviez des sentiments analogues !

— Il faut me laisser le temps, dit-elle d'un ton léger maintenant qu'elle s'était ressaisie. J'aime Robert mais il se montre très exclusif.

— Vous vous tirez fort bien d'affaire !

— Pas autant que vous, j'en suis sûre, car moi, je n'ai jamais mis les pieds dans un casino. A propos, n'est-ce pas l'heure pour vous d'aller compter les jetons et les plaques ?

— Je vous remercie de me le rappeler, fit-il sèchement.

Comme il se retournait pour partir, il ajouta :

— Ne vous sentez pas obligée de passer vos soirées enfermée dans votre chambre. Vous trouverez d'excellents ouvrages dans la bibliothèque, c'est la première porte à gauche en sortant.

— Je vous remercie, murmura-t-elle poliment.

Ils se saluèrent dans le hall. Quelques minutes plus tard, Vivienne entendait la limousine s'éloigner.

Une fois dans la bibliothèque, cependant, la jeune fille ne réussit pas à chasser la tension qui l'envahissait. Si elle se plongeait dans un roman, sans doute se calmerait-elle. Elle commença donc sa lecture mais les mots dansaient devant ses yeux et ne revêtaient plus aucun sens.

Elle avait vécu une journée épuisante dans le rôle de Lucy. Robert, fort heureusement, la prenait pour l'auteur des lettres, la jeune Anglaise dont il était épris. Mais Trent, lui ? Avait-elle réussi à le berner ? Si seulement elle savait !

3

Par moments, Vivienne aurait voulu fuir tant elle avait horreur du mensonge ; mais au fil des jours, elle s'habitua peu à peu à sa nouvelle existence à Koudia. Elle passait ses matinées et ses après-midi en compagnie de Robert ; tous les soirs, Abdul conduisait Trent en ville dans la limousine noire et l'Anglaise était alors livrée à elle-même. Une fois par semaine, le jeune invalide se rendait à l'hôpital où il subissait divers examens. Demeurée seule à la villa, elle avait pris l'habitude de déambuler dans le parc. Ces promenades solitaires agissaient comme un baume sur ses nerfs tendus. Elle découvrit un jour les garages à l'arrière de la maison ; elle y vit entre autres une luxueuse voiture de course, de teinte bordeaux, couverte de poussière. Sans doute avait-elle appartenu à Robert, présuma tristement la jeune fille. Elle profitait également de ces loisirs pour écrire à Lucy de longues lettres où elle racontait par le menu les divers événements ; elle chargeait ensuite Momeen de les poster.

Les après-midi dans la piscine auraient dû être pour Vivienne les moments les plus agréables de la journée. Quand elle nageait avec Robert, quand elle riait de ses bouffonneries, elle n'était plus tenue de jouer un rôle. Elle était incapable néanmoins d'oublier la présence de son frère aîné ; assis sous un parasol à travailler, il relevait la tête de temps à autre pour les regarder s'ébattre dans l'eau.

Elle se prit d'affection pour Robert ; comment pouvait-il en être autrement ? Malgré sa jeunesse, son impulsivité, il était d'une délicatesse touchante. De plus, sa maladie lui avait donné une maturité, une sensibilité inhabituelles chez un jeune homme de son âge. Jamais il ne mentionnait l'horrible destin qui l'attendait. Un matin, toutefois, ils abordèrent par mégarde ce sujet. Ils étaient assis dans leur endroit de prédilection surplombant les vergers. Sous leurs yeux, les immeubles tout blancs de Tanger resplendissaient au soleil et l'on percevait au loin la rumeur de la ville.

— Quel dommage que je ne puisse vous y emmener ! s'exclama-t-elle spontanément. Je serais capable de pousser votre fauteuil, j'en suis sûre !

— Trent ne vous le permettrait pas, fit-il, avant d'ajouter d'un ton sec : d'après les médecins, je tiendrai plus longtemps si je reste à Koudia où l'air est frais et pur, l'atmosphère calme.

Vivienne se reprocha immédiatement ses propos mais ils changèrent bientôt de conversation.

En fait, le dîner était le moment de la journée que la jeune fille appréhendait le plus car elle devait manger en tête à tête avec Trent. Elle tenta plus d'une fois de s'armer de courage et de lui annoncer qu'elle aurait préféré prendre son repas seule dans sa chambre. Mais comme son hôte profitait de cette occasion pour l'interroger sur les divers événements de la journée, elle n'osait éveiller ses soupçons. Il parlait toujours de son cadet en termes affectueux ; c'était néanmoins aux petits détails, aux rides profondes aux commissures de ses lèvres, à ses tempes prématurément grises que Vivienne devinait à quel point le maître de maison souffrait de la maladie de son frère.

En présence de Trent, elle vivait dans la crainte d'être démasquée. Celui-ci, toutefois, la traitait avec courtoisie, lui offrait une cigarette après le café avant de partir pour le casino. Quand elle entendait enfin la limousine s'éloigner dans l'avenue, alors seulement elle pouvait abandonner sans risque le personnage de Lucy.

Les soirées traînaient en longueur. Elle les passait habituellement sur le balcon à côté de sa chambre. Là, sous le ciel parsemé d'étoiles, elle se plaisait à observer la vieille ville. Elle avait l'impression de vivre deux existences : l'une consacrée à Robert, l'autre employée à se languir de Gary.

Au début de son séjour, les souvenirs poignants qu'évoquait en elle ce pays lui avaient paru insupportables. Puis, peu à peu, durant ses instants solitaires, elle se surprit à se remémorer quelques moments privilégiés de ce merveilleux été, quatre ans auparavant. Bientôt, elle ne se contenta plus de contempler les lumières de la cité, d'écouter les bruits étouffés de la médina. Elle voulait maintenant participer à la vie de Tanger qui s'étendait au pied des vergers de Koudia... retrouver Gary dans les venelles bruyantes de la casbah, dans l'odeur des poêles à charbon, dans le parfum du jasmin vendu aux étals boiteux... revoir les ânes chargés de paniers et les tables des cafés du *Petit Socco.*

Pourquoi n'irait-elle pas, après tout ? Elle était libre d'agir à sa guise ! songea Vivienne, un soir. Haroun veillait sur Robert, retiré dans ses appartements. Le reste de la maison était plongé dans la semi-obscurité et personne ne surveillait les allées et venues de l'invitée... Momeen encore moins que les autres, rivé qu'il était à l'écran de télévision dans les communs.

Sa décision était prise. Elle rentra dans sa chambre, chaussa des souliers de marche, prit son sac et un chandail. Elle descendit ensuite dans le hall puis sortit de la villa et s'engagea dans l'avenue d'un pas vif. Elle traverserait les vergers et dans une demi-heure, jugea la jeune fille, elle arriverait en ville.

Elle parvint bientôt à la rue de la Casbah. Le temps n'avait plus aucune importance à ses yeux. Elle se retrouva parmi la foule dense et son pouls s'accéléra quand elle reconnut les endroits qui lui étaient familiers. Telle une touriste avide de découvertes, elle se dirigea vers la rue de la Grande Mosquée, feignant d'ignorer les boniments des guides improvisés vêtus de cafetans malpropres. Dans Es-Siaghin, la rue des bijoutiers, les marchands ambulants avaient les bras couverts de montres depuis le poignet jusqu'à l'épaule. Boutiques luxueuses et bureaux de change côtoyaient des échoppes regorgeant de colliers clinquants.

Cette voie bondée agissait comme une drogue sur Vivienne. Le cœur battant, elle se fraya un chemin en dévisageant les passants. Et si elle apercevait Gary tout à coup ! Et s'ils se rencontraient après toutes ces années ! Celui-ci lui avait souvent répété que jamais il ne quitterait Tanger. C'était elle qui était partie dans l'espoir d'oublier cet homme.

Elle parvint au *Petit Socco,* la place miniature entourée de cafés. Attablés aux terrasses, bavardaient en espagnol, en arabe, en français des gens de toutes nationalités. Elle trouva une chaise et commanda un muscat, leur boisson préférée d'autrefois. La première gorgée lui parut étrange et lui rappela le passé avec une telle intensité qu'elle en eut les larmes aux yeux.

Lorsqu'elle avait rencontré Gary, la première fois, elle était en vacances à Tanger. Elle faisait partie d'un voyage organisé et Gary était saxophoniste dans l'orchestre de l'hôtel. Durant une pause, il l'avait invitée à danser. Bel homme, il avait le teint mat, les cheveux noirs et un front haut qui lui donnait un air intellectuel. Vivienne avait aussitôt été séduite par son apparence mais elle devait apprendre bien vite que la beauté physique est parfois trompeuse. Gary était d'un naturel gai et aventureux. Il avait appris par lui-même à jouer du saxophone ; voilà sans doute pourquoi ses solos manquaient de vigueur et de sensibilité, avait-elle pressenti. En fait, s'il exerçait ce métier, c'était uniquement pour suffire à ses besoins à Tanger. A la fin de ses deux semaines de vacances, éperdument amoureuse de lui, elle s'était précipitée dans une agence de tourisme, s'y était trouvé un emploi puis avait loué une petite chambre. Ses compagnons de voyage étaient rentrés sans elle en Angleterre. Jamais elle n'avait regretté sa décision : Gary s'avérait le compagnon idéal. Ils avaient passé leur été allongés sur la plage. Durant ses moments de liberté, il l'avait emmenée visiter des endroits exotiques dont elle avait lu la description dans des livres... Marrakech, se détachant sur les cimes blanches de l'Atlas, Rabat et ses anciennes médinas, Fès et ses célèbres souks. Le soir, il lui avait fait connaître la vie nocturne marocaine et Vivienne évoluait dans une atmosphère des « mille et une nuits ».

Puis les choses avaient commencé à se gâter. Gary perdit son travail à l'hôtel et devint maussade. Il avait souvent demandé à la jeune fille de partager son studio mais elle avait toujours résisté. D'ailleurs, son refus de vie commune avait probablement été la cause de leur rupture. Gary n'était pas des plus délicats. Un jour, au beau milieu de la rue, il lui déclara qu'il ne voyait pas pourquoi ils continuaient de se voir. Elle l'avait alors supplié de réfléchir mais après de brefs adieux, il avait tourné les talons.

Vivienne l'avait regardé disparaître parmi la foule et avait cru défaillir. Gary était tout son univers. Depuis leur première rencontre, elle se réveillait tous les matins en pensant à lui ; et le soir, s'endormait en se remémorant son séduisant sourire.

Au bout de quelques jours, elle avait préparé ses bagages et pris l'avion pour l'Angleterre. Combien elle avait eu de peine à l'oublier ! Et là, sur cette place bondée de monde, quatre ans plus tard, elle ferma les yeux ; si Gary lui apparaissait à ce moment précis, elle se jetterait dans ses bras.

Même s'il y avait beaucoup de touristes, il était rare qu'une femme se promène seule. Aussi commença-t-elle à se faire importuner. Des hommes d'apparence douteuse lui adressaient des sourires entreprenants. Il était temps de continuer son chemin, décida-t-elle, et de reprendre la route de Koudia.

Quand elle rentra dans le hall, les lumières éclairaient encore les coffres recouverts de poil de chameau, les poignards et les tentures de brocart disposés au mur. Elle monta rapidement dans sa chambre et se déshabilla pour se mettre au lit.

Les journées furent désormais moins pénibles à supporter. Vivienne était toujours tendue, certes, quand elle devait jouer le personnage de Lucy auprès de Robert ou encore discuter avec Trent. Mais elle attendait le soir avec fièvre car elle avait des chances de croiser Gary. Elle ne se leurrait pas : ces quatre longues années de solitude n'avaient pas réussi à rayer de sa mémoire le souvenir de cet homme.

La jeune fille, l'espoir au cœur, passa dès lors ses soirées à ratisser la ville. Personne ne la voyait ni sortir ni rentrer. Durant le dîner, elle devait déployer un effort pour cacher son impatience, pour accepter la cigarette que lui offrait Trent, tout en conservant une attitude posée. Une fois son hôte parti, elle attendait une demi-heure, puis se lançait à la recherche du saxophoniste.

Elle explora les larges avenues du Tanger moderne avec ses bureaux de tourisme, ses galeries d'art, ses restaurants élégants. Elle s'aventura une fois ou deux boulevard Pasteur et jeta un coup d'œil dans le hall de l'hôtel Riadh. L'établissement lui parut plus minable encore qu'autrefois. Parfois, fatiguée, elle s'asseyait sur un banc. Elle pouvait alors difficilement examiner les passants car elle était sans cesse importunée par quelque individu à la mine louche. En outre, elle se sentait plus proche de Gary dans les ruelles étroites de la médina et de la casbah.

Jamais elle n'avait pénétré seule dans la casbah. Ses murs épais, ses anciens palais mauresques, ses passages sinueux plaisaient au saxophoniste et il aimait s'y promener. Un soir, elle enfila un chemisier rose et une jupe de toile puis, d'une main fébrile, retoucha son maquillage. Elle voulait être au mieux de sa forme. Son cœur battait plus fort qu'à l'accoutumée ; était-ce un pressentiment ?

Elle mit plus longtemps que prévu à atteindre la casbah. Elle devait emprunter un dédale inextricable de petites rues et se trompa à plusieurs reprises avant d'atteindre la Porte de Marshan. Une fois à l'intérieur des vieux murs, elle ralentit le pas. Dans les venelles trottinaient des ânes chargés de ballots de menthe fraîche destinés au marché du lendemain. Des parfums de cannelle, de clou de girofle, de paprika, de thym émanaient des minuscules échoppes. Malgré l'heure tardive, des gamins, maigres, les yeux noirs et immenses, s'accrochaient avec enjouement aux vêtements de la jeune fille. Dans les passages se faufilaient des femmes voilées et, assis sur les marches des auberges, des hommes enturbannés résolvaient avec de grands sourires les problèmes de l'univers.

L'heure avançait ; les chaussées se vidèrent peu à peu. Vivienne, toutefois, continuait sa route. Avant de rentrer, elle voulait d'abord flâner près de la place où étaient situés la plupart des cafés, lieu de rencontre d'une faune particulière, formée d'intellectuels et de résidents étrangers ; là, plus que partout ailleurs, elle avait des chances de... Elle se hâta, trop excitée pour réfléchir clairement. La place... voilà où elle devait absolument aller. Ses pas résonnaient sur les pavés. A l'angle d'une ruelle, elle aperçut enfin l'enseigne qu'elle avait cherché durant toute la soirée. *Rue de Riad.* C'était le chemin qu'elle empruntait autrefois en compagnie de Gary pour se rendre à la place. Son pouls s'accéléra soudain ; un jeune Marocain, âgé d'environ seize ans venait de surgir à ses côtés. Il exhiba aussitôt un petit tambour de peau, typique du pays.

— La jolie demoiselle est-elle à la recherche d'un cadeau ? s'enquit-il en français.

— Non, il est trop tard, répliqua-t-elle en continuant sa route.

On conseillait aux touristes de louer les services d'un guide officiel pour visiter la casbah car les jeunes gens étaient parfois très agaçants.

— Vous Américaine, reprit-il dans un mauvais anglais. Vous acheter. Très bon marché.

— Je ne suis pas américaine, je suis britannique et je suis pressée, fit-elle, souhaitant lui faire comprendre qu'elle n'avait pas le porte-monnaie bourré de dollars.

— Cinq livres alors, en monnaie anglaise ! riposta-t-il. Trois, insista-t-il comme elle allongeait le pas.

La place était maintenant toute proche.

— Quinze dirhams... poursuivit-il de plus en plus nerveux. Dix...

En atteignant la place, Vivienne fut profondément déçue. Il n'y avait que quelques clients attablés aux terrasses et ils ressemblaient davantage à des clochards qu'aux personnes qui, quatre ans plus tôt, fréquentaient ces lieux. Quelques gamins roulaient sur des bicyclettes vétustes.

Elle jeta un coup d'œil à sa montre. Il était presque une heure, découvrit-elle, horrifiée. Elle devait rentrer à Koudia sans plus attendre. Mais dans ce labyrinthe, elle se perdrait à coup sûr. Spontanément, elle se retourna vers le jeune garçon.

— Connaissez-vous un chemin pour sortir d'ici au plus vite ? Mes amis m'attendent.

Pour se protéger, elle avait prétendu ne pas être seule.

— J'habite la casbah ; je la connais comme ma poche.

Sur ce, il lança son petit tambour à l'un des jeunes cyclistes et leur jeta quelques mots en arabe avant de faire signe à Vivienne de le suivre. Ils traversèrent la place. La jeune fille sentit des regards curieux posés sur elle ; dans ses vêtements occidentaux, elle détonnait parmi ces gens vêtus de djellabas. Presque soulagée de se retrouver dans une ruelle mal éclairée, elle remarqua tout à coup quelques silhouettes mystérieuses non loin d'elle. C'étaient les cyclistes de tout à l'heure.

— Dollars, dollars... Américaine ! se mirent-ils à scander en chœur avec des rires espiègles.

Elle serra son sac contre elle mais regretta aussitôt son geste. Pourquoi donner l'illusion de posséder beaucoup d'argent alors qu'elle n'avait sur elle que quelques dirhams ! Apercevant alors la porte s'ouvrant sur la médina, elle poussa un soupir de soulagement.

Hors de la casbah, les rues étaient plus animées. On distinguait en bordure de la mer les façades illuminées des hôtels ; Vivienne s'y dirigea aussitôt, contente de se débarrasser enfin de ses suiveurs. Elle se proposait de donner à son guide une petite récompense afin de le remercier de son aide mais c'est lui qui en prit l'initiative, non sans s'être d'abord assuré que personne n'attendait la jeune fille. Avec la rapidité et l'habileté d'un singe, il lui déroba son sac pour le lancer immédiatement à l'un de ses amis. Ce dernier, avec une mine théâtrale, l'ouvrit. Vivienne était folle de rage. L'argent, elle s'en moquait ; mais elle conservait dans son sac des petits souvenirs de Gary qui revêtaient à ses yeux une grande importance.

— Rendez-le moi immédiatement ! ordonna-t-elle, les joues en feu.

Les adolescents venaient de découvrir la modeste somme contenue dans son porte-monnaie. Furieux de ce maigre butin, ils étaient maintenant décidés à l'importuner : cela lui apprendrait, à cette touriste, à leur faire croire qu'elle était riche !

— Rendez-le moi ! répéta-t-elle, hors d'elle.

Elle était au bord des larmes quand une voix corrosive prononça quelques mots en arabe. Vivienne demeura pétrifiée. Elle avait déjà entendu ce ton... à l'aérogare.

Les garçons tournèrent la tête et s'éclipsèrent prestement, en jetant à terre la pochette. Vivienne crut défaillir en apercevant son hôte, qui venait de surgir de l'ombre.

Il se pencha pour ramasser le sac.

— Cet objet vous appartient, si je ne m'abuse, énonça-t-il d'une intonation dangereusement calme.

— Je... je vous remercie, bégaya-t-elle en croisant son regard de braise.

Il lui saisit le bras et le serra comme dans un étau jusqu'à ce qu'ils atteignent la limousine. Le casino était sans doute situé non loin de là, songea Vivienne, se maudissant intérieurement de ne pas être rentrée plus tôt à Koudia. Ils accomplirent en silence le chemin du retour. Abdul conduisait, imperturbable. Quant à Trent, assis aux côtés de la jeune fille sur la banquette arrière, il paraissait tendu à l'extrême. Une fois à destination, le maître de maison descendit lestement de la voiture, souhaita une bonne nuit au chauffeur puis prit le poignet de Vivienne, effrayée, pour l'entraîner vers la demeure.

— Il est tard... je suis lasse, gémit-elle, alors qu'ils atteignaient le hall d'entrée.

Elle sentit une douleur vive au bras et suffoqua.

— Pour vous promener dans la médina, pourtant, vous n'étiez pas trop fatiguée! rétorqua-t-il. Nous avons à discuter, vous et moi. Immédiatement!

Il la poussa sans ménagement vers la bibliothèque. Furieuse d'être ainsi maltraitée, elle se retourna vivement pour lui faire face quant il eut refermé la porte. Trent s'alluma une cigarette, afin de se ressaisir, puis intervint calmement.

— Vous vous tirez fort bien d'affaire, Vivienne, je l'ai toujours prétendu. Vous n'en êtes pas à votre première escapade, je présume?

— En effet, répliqua-t-elle en levant fièrement le menton. Mais j'ignorais avoir un gardien!

— Essayez-vous d'insinuer que je suis une entrave à votre liberté? énonça-t-il d'un ton doucereux avant d'exploser : Que faites-vous de Robert ? Ne mérite-t-il pas un peu plus d'égards ?

La jeune Anglaise connaissait les sentiments de Trent envers son frère ; l'état de santé de ce dernier l'attristait, elle aussi, profondément. Mais qu'y pouvaient-ils ?

— Vous êtes injuste ! Je donne tout mon temps à Robert. Je ne puis faire davantage.

— Vous n'aviez certainement pas prévu de passer votre séjour au Maroc à vous occuper d'un invalide !

Elle s'efforça de conserver son calme. Comment aurait agi Lucy dans les mêmes circonstances ? Chère, adorable Lucy... elle aurait consacré ses soirées à recoudre les boutons sur les chemises de Robert, elle aurait cherché mille prétextes pour lui porter dans sa chambre des livres et des boissons fraîches. Mais Vivienne n'était pas Lucy, elle n'était pas éprise de Robert. Elle l'aimait beaucoup, soit, mais son cœur ne battait que pour Gary...

— Robert et moi sommes ensemble toute la journée. Le soir, il a besoin de se reposer ; vous ne l'ignorez pas.

— Il serait si content, pourtant, de vous savoir là, tout près ! lâcha son interlocuteur d'un ton âpre. Il ne se doute sûrement pas que les rues de Tanger vous fascinent à ce point.

— N'allez surtout pas croire que cette ville exerce sur moi un attrait particulier, répliqua froidement Vivienne. Je sors parce que je n'ai rien à faire.

— Bien sûr, acquiesça-t-il en la regardant fixement. Vous êtes jeune, en pleine santé ; vous avez besoin de distractions. Ce n'est pas très réjouissant de passer ses soirées dans sa chambre alors qu'un jeune homme malade dort dans l'autre aile de la maison.

L'Anglaise blêmit sous l'insulte. Les yeux étincelants de colère, elle avança d'un pas. Trent, toutefois, attendait le geste. Il la saisit par les épaules au moment où elle levait la main pour le gifler.

— Vous n'avez pas une très haute opinion de moi ! suffoqua la jeune fille, hors d'elle.

— Nous sommes des adultes, fit-il avec un sourire entendu. Nous connaissons la vie, vous et moi.

Tout en parlant, il avait enfoncé ses doigts dans la chair tendre de ses épaules, sous le chemisier léger. Vivienne ne pouvait plus détacher son regard du sien, tant il s'en dégageait une impression de force intense. Elle demeura sans voix durant un temps interminable ; puis, tout en tentant d'échapper à son étreinte, elle déclara :

— Vous, vous avez le casino ! Vous n'êtes pas forcé de rester à la maison et de compter les minutes jusqu'au moment de vous mettre au lit !

— C'est vrai, approuva-t-il avec un calme inquiétant. Mais moi, je suis le frère de Robert et non la jeune fille dont il est éperdument amoureux ! jeta-t-il en lui meurtrissant les épaules. Si vous étiez victime d'un accident, quelle serait sa réaction, selon vous ?

— Pourquoi m'arriverait-il quoi que ce soit ? le défia-t-elle. Ce soir, j'ai commis l'erreur de m'égarer et de demander mon chemin, mais ce ne fut qu'un incident sans importance !

— Vous avez raison ! Vous vous seriez facilement tirée d'affaire face à ces petits voyous qui voulaient vous dévaliser !

Vivienne tressaillit. Jamais elle n'avait vu Trent aussi en colère. Soudain, il la relâcha brusquement puis aspira quelques bouffées de sa cigarette avant de déclarer, sans l'ombre d'un sarcasme :

— C'est entendu. Sans doute est-ce trop exiger de vous que de vous demander de passer vos soirées à la maison… Si vous avez envie d'une promenade, je n'y vois pas d'objection. Mais vous ne sortirez pas seule. Abdul vous conduira en ville et vous accompagnera là où vous le désirez.

« Comment trouver Gary si le domestique ne la quittait pas d'une semelle ? » réfléchit-elle.

— Je suis assez grande pour me promener sans garde du corps !

— C'est à prendre ou à laisser, rétorqua-t-il d'un ton sec. Dans l'état où se trouve Robert, je me sens responsable de vous. Par égard pour lui, je vais faire en sorte qu'il ne vous arrive aucun mal.

Il était inutile de discuter, la jeune Anglaise le savait fort bien ; elle ne se résolvait pas, néanmoins, à céder de bonne grâce à cet homme.

— Vous avez pris l'habitude de régenter l'existence de votre frère, déclara-t-elle d'un air dédaigneux. Mais n'essayez pas de faire de même avec moi, Trent. J'aime prendre mes propres décisions !

— Durant votre séjour à Koudia, vous devrez renoncer à ce luxe, prononça-t-il d'une voix doucereuse. Vous aurez tout le temps d'agir comme bon vous semblera plus tard ; Robert, lui ne l'aura pas.

Il détailla ensuite la chevelure en désordre de la jeune fille, ses traits tirés, puis ajouta en ouvrant la porte :

— Si vous voulez être en forme demain matin, je vous conseille d'aller dormir ; vous avez du sommeil à rattraper.

Une fois chez elle, Vivienne arpenta le balcon jusqu'à ce qu'elle eût recouvré sa respiration normale. Elle avait failli tout gâcher pour Lucy ce soir ; mais d'un autre côté, pourquoi Trent était-il entré dans une telle colère ? Elle avait toujours senti qu'il serait dangereux d'affronter cet homme. Elle ne s'était pas trompée, se dit-elle en massant ses épaules meurtries.

Le lendemain matin, elle se réveilla tard. Elle éprouvait un vague sentiment de culpabilité envers Lucy et envers Robert ; aussi s'habilla-t-elle avec un soin tout particulier avant de descendre.

Il faisait un temps superbe. Les bougainvilliers violets rivalisaient en couleur avec le ciel d'azur, les iris bleus, les géraniums roses. Elle traversa la terrasse d'un pas léger, s'approcha du jeune invalide et posa un baiser sur sa joue.

— Je suis navrée d'être en retard, messieurs, déclara-t-elle aussi allègrement qu'elle le pouvait. Ce beau soleil me pousse à la paresse.

— Vous devriez faire la grasse matinée plus souvent ! riposta Robert, espiègle, en lui présentant l'autre joue.

Songeant à Lucy, elle l'embrassa sans se presser. Ce dernier, en retour, glissa sa main sous le bras de la jeune fille et effleura d'un baiser taquin le bout de son nez.

Elle s'assit à table tout en évitant le regard de Trent et se mit à bavarder gaiement, s'exclamant sur la magnifique journée en perspective, sur le parfum capiteux des fleurs d'oranger. C'était sans doute l'odeur envoûtante de celles-ci qui lui produisait cet effet, répliqua nonchalamment son hôte. Elle sut alors qu'il approuvait l'humeur charmante qu'elle avait adoptée pour faire plaisir à Robert.

— Vous avez appris la nouvelle ? demanda le jeune invalide à son invitée tout en mangeant son pamplemousse. Trent veut installer une pelouse pour jouer au croquet. Il a l'impression que Koudia ne vous offre pas suffisamment de distractions.

Vivienne et Trent s'observèrent un court instant d'un regard lourd de sous-entendus ; puis elle répliqua avec humour :

— C'est une idée géniale ! Cela vous changera de jeter à l'eau de pauvres jeunes filles sans défense, Robert !

— Voilà exactement ce que je me suis dit, renchérit son frère en riant. Je connais un certain gaillard qui joue les héros dans la piscine mais j'ai hâte de le voir s'escrimer à pousser les boules sous les arceaux !

— Je ne suis pas un débutant, détrompez-vous ! lança l'intéressé avec un sourire menaçant avant d'adresser à son aîné un clin d'œil complice. Trent m'a vu à l'œuvre à l'hôpital !

— Il est plutôt habile, je vous avertis, avoua ce dernier, une lueur amusée dans les prunelles.

Ils continuèrent de badiner tous les trois. L'Anglaise mettait tout en œuvre pour conserver à l'atmosphère son entrain. Même si elle ne s'entendait pas avec le maître de maison, même si leurs sourires masquaient en réalité un antagonisme féroce, cela n'avait plus aucune importance. Car seul comptait le bonheur de Robert.

Dès le lendemain matin, les ouvriers berbères des vergers s'attelèrent à la tâche. Une fois le terrain nivelé, ils plantèrent le gazon. Depuis son balcon, Vivienne observait les travaux, un sourire mi-figue mi-raisin aux lèvres. Le maître de maison n'avait qu'à faire claquer ses doigts et tous s'empressaient de lui obéir... grâce à l'argent du casino.

En moins d'une semaine, la pelouse fut prête pour le croquet. Elle était située sur un plateau dominant la baie, donc tempérée à longueur d'année par les vents marins.

Les jours s'écoulèrent. Trent avait fait réviser la voiture de sport bordeaux et l'utilisait désormais pour se rendre en ville. La limousine noire était garée tous les soirs dans l'avenue et Abdul était maintenant à la disposition de l'Anglaise. Au début, la jeune fille n'osa pas quitter sa chambre. Puis elle se mit à réfléchir : si elle ne sortait pas, Trent croirait aussitôt qu'elle cherchait à lui cacher quelque chose. En outre, elle tenait à retrouver Gary. Parfois, elle se trouvait stupide, en quatre ans, probablement avait-il eu le temps de se marier et d'avoir des enfants. Non, c'était peu probable, se ressaisissait-elle. Il n'était pas homme à prendre épouse ; ne le lui avait-il pas répété à plusieurs reprises ?

Au bout d'une semaine, elle prit son courage à deux mains et avertit Abdul qu'elle sortirait ce soir-là, après le départ de Trent. Quand elle descendit, le moteur du véhicule tournait déjà.

— Où dois-je conduire Mademoiselle ? s'enquit poliment le domestique une fois sa passagère installée.

Elle hésita, puis :

— J'aimerais me rendre au *Petit Socco* près de la Grande Mosquée. Je connais un café où l'on joue de la musique arabe ; il y a sans doute des boutiques encore ouvertes.

Il s'inclina légèrement, s'installa au volant et la limousine s'éloigna. En ville, il se gara et attendit discrètement à l'écart que Vivienne ait décidé du chemin à prendre. La jeune fille s'habitua très vite à cette présence derrière elle. Vêtu d'une superbe djellaba de toile, coiffé d'un tarbouch rouge et chaussé de babouches souples de cuir jaune, le domestique avait un aspect imposant. De plus, il était très utile — elle était forcée de l'admettre — pour éloigner les innombrables importuns. Quelques paroles brèves et mendiants, marchands de babioles, guides improvisés, s'écartaient peureusement.

L'Anglaise cherchait Gary mais avec Abdul sur ses talons, la tâche était moins facile. L'employé avait reçu des ordres de Trent ; même si elle devait rencontrer par hasard un ami de longue date, elle ne lui aurait pas aussitôt serré la main qu'Abdul, méfiant, aurait manié son petit poignard orné de pierreries...

Après avoir passé une soirée ou deux en compagnie du chauffeur, elle décida de mener sa petite enquête ; en somme, son compagnon ignorait qu'elle recherchait quelqu'un. Elle suggéra une promenade boulevard Pasteur ; sous prétexte d'avoir envie d'une boisson fraîche, elle pénétra dans le bar de l'hôtel Riadh. Tandis qu'Abdul faisait les cent pas dans le hall, elle échangea quelques phrases avec le réceptionniste. Oui, il se rappelait Gary, le saxophoniste de l'orchestre, mais il ne l'avait pas revu depuis un moment. Il croyait néanmoins qu'il avait trouvé un emploi dans une petite boîte de nuit du port.

Vivienne était transportée de joie. Enfin, elle avait rencontré quelqu'un qui avait connu Gary. Le lendemain soir, elle se rendit au cabaret en question, dont l'atmosphère empestait le renfermé et le tabac. On se souvenait de Gary mais on ignorait où il se trouvait à l'heure actuelle ; on lui fournit cependant l'une de ses anciennes adresses.

Elle continua ses recherches. Optimiste au départ, elle tomba bientôt dans l'accablement le plus complet car toutes ces pistes n'aboutissaient à rien. Un soir, de retour à Koudia peu après minuit, elle remercia Abdul, monta dans sa chambre et s'affala sur un fauteuil découragée. Elle avait ratissé Tanger de fond en comble...

Etait-elle capable de se résigner à ne plus jamais revoir Gary ? La jeune fille se leva et sortit sur le balcon. Elle jeta un coup d'œil sur la maison endormie et tendit l'oreille en se demandant si une voiture n'arrivait pas dans l'avenue. En fait, elle était inquiète. S'était-elle trahie dans sa poursuite insensée ? Elle avait pris toutes ses précautions en menant son enquête, certes ; mais Abdul était-il aussi détaché, aussi discret qu'il le laissait paraître ? Quand il se retrouvait seul avec son maître, peut-être bavardait-il à l'instar de tous les autres domestiques !

Le cœur de Vivienne battit plus vite. Avec du recul, son propre comportement lui semblait plutôt extravagant. Une pensée l'angoissait : que savait Trent au juste ?

4

Chaque jeudi, Robert se rendait à l'hôpital. Le jeune invalide avait-il deviné la mésentente qui régnait entre Trent et Vivienne ? Toujours est-il que durant le petit déjeuner ce matin-là, il fit une suggestion inattendue :

— J'ai réfléchi, commença-t-il en jetant sur son aîné un coup d'œil anxieux. Notre invitée perd son temps à Koudia à m'attendre. Pourquoi ne lui proposes-tu pas une sortie ? Vous pourriez me déposer à la clinique et m'y reprendre ce soir vers six heures !

— Qu'en dites-vous, Vivienne ? demanda Trent, imperturbable.

A l'idée de passer une journée entière, en compagnie de cet homme, la jeune fille était à la fois effrayée et fascinée. Mais c'était l'occasion ou jamais de lui prouver qu'elle n'avait pas peur de lui.

— Comme vous êtes gentil de le suggérer ! répliqua-t-elle à Robert.

— Cela vous fera le plus grand bien de quitter la maison — et de me quitter — durant quelques heures, répondit Robert en lui prenant la main avec un sourire reconnaissant.

Vivienne avait baissé les paupières. Robert ignorait tout de ses sorties nocturnes. Evitant soigneusement le regard de Trent, elle déploya un effort pour ne pas rougir.

Un peu plus tard, dans sa chambre, elle se demanda

quel démon l'avait poussée à accepter de supporter la présence de ce tyran. D'un autre côté, ce défi l'attirait et à la vérité, elle ne se sentait pas le courage de se désister. Elle choisit une robe légère à fleurs bleues et — bien qu'incapable d'en expliquer la raison — elle mit un soin tout particulier à sa toilette.

Abdul les conduisit à l'hôpital. Vivienne resta dans la voiture tandis que Trent et le domestique soulevaient l'infirme, le déposaient dans son fauteuil roulant et le poussaient jusqu'à l'entrée principale. Ils furent accueillis par des messieurs en blouse blanche ; « les médecins de Robert, sans doute », songea la jeune femme. Pendant un moment, elle admira les pelouses bien entretenues, les jolis parterres fleuris de l'hôpital. Puis, lasse d'attendre, elle sortit du véhicule et se dirigea à pas lents vers une petite butte dominant une olivaie et une palmeraie. Elle observait le paysage quand Trent vint la retrouver.

— Je suis navré mais les docteurs m'ont retenu plus longtemps qu'à l'accoutumée, prononça-t-il en lui tendant la main pour l'aider à descendre.

Vivienne lui jeta un regard inquiet. L'état de santé de Robert y était-il pour quelque chose ? De quoi avaient-ils parlé ? Son compagnon demeurait toutefois impénétrable et elle n'eut pas le courage de l'interroger.

— C'est jour de marché au *Grand Socco,* annonça-t-il quand la limousine eut redémarré. Abdul nous déposera là-bas. Et pour cet après-midi, que diriez-vous d'une randonnée jusqu'à Tétouan ?

— Volontiers, répliqua-t-elle en adoptant un ton distant.

Chose curieuse, quand ils eurent franchi la porte Bab el-Fahs pour pénétrer dans le *Grand Socco,* Vivienne commença à réviser l'opinion qu'elle nourrissait à l'égard de son hôte. Celui-ci, malgré son attitude réservée, malgré la simplicité de sa mise, se détachait de la foule par son assurance, son profil décidé.

Il prit le bras de la jeune fille et la guida jusqu'à la

place du marché où ils regardèrent à loisir poteries de Safi, vanneries, draps tissés à la main et artisanat de toutes sortes. Vivienne fut particulièrement attirée par les paysannes rifaines, vêtues de *foutas* rayées blanc et rouge et coiffées d'énormes chapeaux de paille à quatre tresses ornées de pompons ; assises sous les arbres, elles vendaient les fleurs de leur montagne natale... roses, glaïeuls, ixias, iris.

Trent l'accompagnait partout. Il lui montra les peaux de bêtes, les instruments à cordes, les vieux coffrets de cuir garnis de clous de cuivre. L'Anglaise se sentait étrangement soulagée soudain et éprouvait une envie de rire irrésistible. Elle aperçut tout à coup un étal décoré d'oiseaux morts, de serpents et de lézards séchés.

— Oh ! s'exclama-t-elle. C'est inimaginable qu'en plein XXe siècle on se soigne de cette façon !

— Les poudres magiques et les drogues mystérieuses exercent encore un grand attrait, fit son compagnon en riant.

Tandis qu'ils discutaient, le marchand passa la tête hors de sa boutique.

— Vous désirez une potion ? s'enquit-il dans un assez bon anglais. Vous avez sûrement besoin de quelque chose ! insista-t-il avec courtoisie. Mais permettez-moi tout d'abord de vous fournir quelques explications. Cet aigle séché, par exemple ; il suffit d'avaler avec de l'eau un peu de chair en poudre de cet oiseau pour ne plus souffrir d'un chagrin sentimental. Voyez cet os de renard ; un autre homme fait-il la cour à votre bien-aimée ? Vous prenez alors...

Vivienne l'écoutait, mal à l'aise. Mais déjà Trent répliquait d'un ton désinvolte :

— Ne vendez-vous donc que des philtres destinés à guérir du mal d'amour ?

— Lorsqu'un homme entre dans ma boutique en compagnie d'une femme, j'en tire évidemment mes propres conclusions. Vous voyez cette peau de cobra accrochée là-haut ? Vous pouvez la louer à la journée. Entourez-en votre front si vous avez la migraine ; et pour le mal de gorge, portez-là comme une écharpe. C'est très efficace.

— Je n'en doute pas un seul instant, murmura Trent avec humour.

Et entourant d'un bras les épaules de Vivienne, il ajouta :

— Je vous remercie des renseignements. Nous devons partir maintenant.

— Attendez un instant ! s'écria le marchand comme ils quittaient l'échoppe. Combien avez-vous d'enfants ?

Vivienne aurait voulu être à cent pieds sous terre. Son compagnon répondit négligemment qu'ils n'en avaient pas.

— Ah ! Dans ce cas, vous avez besoin de mes services ! J'ai ici une peau de léopard...

— Sortons ! dit-il.

Lorsqu'ils se furent éloignés, Trent éclata d'un rire gai. Quant à Vivienne, elle fut soulagée de pénétrer dans les jardins de Mendoubia où seuls les arbres séculaires furent témoins de son émoi.

Ils déjeunèrent dans un restaurant digne des mille et une nuits. Depuis leur table, ils avaient une vue superbe sur la mer et sur le palais de Menebhi. L'Anglaise avait beau connaître Tanger, jamais elle n'avait été plus sensible à sa magie, à son charme qu'en compagnie de Trent. A moins que ce ne fussent le soleil éblouissant, le ciel d'un bleu profond qui la mettaient dans un tel état d'émerveillement...

Après le délicieux repas, ils retournèrent là où Abdul les avait déposés un peu plus tôt. La jeune fille eut l'heureuse surprise d'y apercevoir la voiture de sport bordeaux. Elle lança en riant :

— Nous n'aurons donc pas de chauffeur cet après-midi ?

— Si... moi ! fit Trent en l'aidant à monter.

La voiture quitta Tanger et fila en pleine campagne.

Vivienne était d'humeur à bavarder. Durant le déjeuner, ils avaient parlé de la cuisine, de la musique, du panorama. Et maintenant, pour alimenter la conversation, elle demanda :

— Abdul est-il marié ?

— Il a une ou deux épouses dans le sud, vers Zagora, répondit-il. Mais n'allez surtout pas croire qu'il se sent seul à Tanger ! Tout comme Haroun, il a plusieurs bonnes amies dans la médina.

— On dirait que vous trouvez cela naturel ! l'accusa-t-elle. Pourquoi ne fait-il pas venir ses épouses à Koudia ? Il vivrait alors dans un semblant de respectabilité !

Son hôte rit à gorge déployée, découvrant ainsi des dents très blanches.

— Ce serait la guerre ouverte entre la villa et la médina ! J'imagine déjà toutes ces femmes en train de confectionner leurs fameuses potions et leurs philtres d'amour ! Ce pauvre Abdul ne serait pas de taille à lutter !

— Si jamais il était terrassé par ces drogues, il ne l'aurait pas volé ! déclara-t-elle d'un ton sévère. J'ai l'impression que vous ne partagez pas mon avis, poursuivit-elle après lui avoir jeté un regard en coulisse.

— De par sa nature, l'homme est polygame. Les Orientaux le reconnaissent. Nous, les Occidentaux, le dénonçons ; mais dans le fond, nous en sommes jaloux.

Sans en connaître la raison, ce sujet — tout comme l'attitude de Trent d'ailleurs — irritait profondément la jeune fille. Elle s'empressa donc de détourner la conversation.

— Zagora est très loin d'ici... presque à la frontière sud du Maroc, n'est-ce pas ?

— Oui. C'est là où nous avons fait connaissance, Abdul et moi. Il était au service d'un de mes amis, un ex-méhariste. Puis, quand Pierre est retourné en France, Abdul est venu travailler chez moi.

— Un méhariste ? Un officier des compagnies sahariennes montées ? s'exclama Vivienne avec curiosité. Il fréquentait donc les tribus nomades et logeait dans les forteresses de terre rouge au beau milieu du désert ! Et vous, que faisiez-vous là-bas ? ajouta-t-elle comme il hochait la tête.

— Le même métier, à peu de choses près.

Elle esquissa une moue surprise.

— Que se passe-t-il ? s'enquit Trent. Auriez-vous du mal à m'imaginer en train de vider mes bottes pleines de sable ?

— Ainsi vêtu, non, avoua-t-elle en détaillant la chemisette bleue, le pantalon clair de son interlocuteur. Mais quand on vous voit le soir en smoking, on ne dirait jamais que vous avez l'esprit d'aventure.

— J'ai eu une existence mouvementée, admit-il en riant.

Vivienne tourna la tête vers la fenêtre. Trent avait donc plus d'une facette à sa personnalité ; il avait voyagé, avait habité des endroits reculés. Quel contraste avec la vie mondaine qu'il menait maintenant ! Qui donc était le véritable Trent Colby ? se demanda la jeune fille.

Sur ces entrefaites, l'automobile entreprit de descendre un chemin abrupt pour s'engager enfin dans les rues étroites de Tétouan.

Ils se promenèrent dans le vieux quartier espagnol, prirent le thé à une terrasse puis pénétrèrent dans la médina. Une fois franchie la porte Bab er-Rouah, ils se retrouvèrent place du Marché. Vêtements richement brodés, ceintures tissées, bijoux d'argent étincelaient au soleil. Apercevant un étal de peaux de serpent séchées, Vivienne, sans réfléchir, prit Trent par le bras et l'entraîna un peu plus loin.

— N'avez-vous pas envie de connaître la toute dernière mode de Tétouan en matière de philtres d'amour ? s'enquit-il.

Ils s'esclaffèrent tous deux et — comment cela se

produisit-il ? — continuèrent leur promenade la main dans la main. Au sommet de la casbah, la jeune Anglaise trouva un endroit où s'asseoir sur la muraille ; les yeux fermés, elle respirait avec délice les parfums de la rue — poisson frais grillé sur charbon de bois, tajin — puis elle sentit la présence de son compagnon à ses côtés. Il lui offrit une cigarette, en prit une à son tour, et les alluma.

— Je vous trouve blasée pour une personne qui vient à peine d'arriver au Maroc, intervint-il.

Il s'était donc rendu compte que rien n'étonnait vraiment son invitée. Elle sourit et répliqua d'un ton léger :

— Il existe une explication très simple… Je suis déjà venue.

Il ne parut pas surpris outre mesure et se borna à déclarer :

— Pour une fille de fermier, vous avez vu du pays !

Elle tourna la tête vers la mer. Elle ne voulait pas songer à Lucy. Pas à ce moment-là du moins. La mine rêveuse, elle murmura :

— Je revois encore Fès, tout rose au clair de lune… et à el Jadida, la mosquée et la forteresse d'un blanc immaculé contre le ciel très bleu.

— Il y a combien de temps de cela ?

— Quatre ans.

Où se trouvait Trent alors ? se demanda-t-elle. Traversant une oasis à dos de chameau ? Ou prévoyant déjà de s'installer à Tanger ?

— N'avez-vous jamais eu envie de revenir au Maroc ?

— Non, répondit-elle prudemment.

— C'est curieux ! On affirme que si l'on a été mordu un tant soit peu par ce pays…

— Peut-être l'ai-je été ! Je suis là, non ? répliqua-t-elle en soutenant avec difficulté le regard de son interlocuteur.

Il baissa les paupières pour aspirer une bouffée de sa cigarette et avec une moue songeuse, prononça :

— Je me souviens de votre arrivée à l'aéroport. De votre expression glaciale, vous aviez pétrifié tous ces rabatteurs. Vous vous en seriez d'ailleurs débarrassée aisément même si je n'étais pas intervenu.

Il l'observa longuement, puis ajouta :

— Vous êtes une femme mystérieuse. J'ai toujours eu le sentiment que vous cachiez un secret. Que s'est-il passé il y a quatre ans ?

Le cœur de Vivienne bondit dans sa poitrine. Feignant la désinvolture, elle dit en riant :

— Pourquoi dissimulerais-je quelque chose ? Pourquoi n'aurais-je pas eu, tout simplement, envie de voyager ?

Son hôte, néanmoins, s'entêtait.

— Vous êtes assez vieille pour avoir eu une demi-douzaine d'aventures.

— Je n'ose vous demander combien vous, à votre âge en avez eues ! rétorqua-t-elle avec humour même si intérieurement elle tremblait.

— En ce qui concerne les hommes, c'est différent. Nous n'en portons pas les cicatrices comme vous, les femmes.

— Les hommes donnent si peu d'eux-mêmes ! riposta Vivienne, hors d'elle.

— Je ne serais pas prêt à l'affirmer, prononça-t-il en ne la quittant pas du regard.

Il était trop près d'elle ; la jeune fille se sentait prise au piège mais elle trouva tout de même la force de répliquer :

— Vous n'avez jamais fait la cour à une femme par correspondance, m'avez-vous dit déjà.

— Cela ne vous suffirait pas à vous non plus, ai-je ajouté.

— J'ai de la chance d'avoir pu rencontrer mon correspondant en chair et en os, fit-elle en s'efforçant de prendre un ton léger.

— Vous croyez ? rétorqua-t-il, sceptique.

Il la fixait toujours de ses yeux très bleus mais le charme était rompu. Au bout d'un moment, il jeta sa cigarette par-dessus la muraille. Puis il se redressa, enfouit ses mains dans ses poches et poursuivit :

— Il y a quatre ans, Robert était un garçon vigoureux. Il nourrissait une seule ambition : devenir rugbyman professionnel. Vous auriez dû le voir à l'époque ! Il était capable de plaquer tous ses adversaires. Il a joué jusqu'à l'année dernière ; puis il a contracté cette maladie.

— Ce fut sûrement un coup terrible !

— Pas vraiment car on a cru d'abord à une mauvaise grippe ; mais comme il ne s'en remettait pas... Robert vous a sûrement tout narré dans ses lettres !

— Oui, bien sûr, se hâta-t-elle de répondre. Mais on aime toujours... l'entendre raconter par un frère aîné...

Elle s'était levée pour donner créance à ses paroles. Trent lui faisait face. Il détailla longuement le visage de la jeune fille, ses cheveux ébouriffés par le vent ; puis il sourit, mais quand il parla, ce fut d'une voix dure :

— Un grand frère peut parfois apporter un certain réconfort.

Une ombre planait depuis qu'ils avaient commencé à discuter de Robert. Son hôte jeta un coup d'œil à sa montre et prenant le bras de Vivienne, déclara brusquement :

— Il est grand temps de retourner à l'hôpital.

Quand ils reprirent le chemin de Koudia, ils ne prononcèrent pas un mot. Malgré sa pâleur, Robert était d'humeur enjouée.

— Avez-vous passé une bonne journée ? s'enquit-il.

— Excellente ! répondit Trent.

— Merveilleuse ! renchérit Vivienne. Ce matin, nous avons visité le marché ; nous avons ensuite déjeuné au restaurant puis nous sommes allés à Tétouan.

— Bravo ! s'exclama Robert. Je suis heureux que

mon frère et mon amie arrivent à s'entendre. Il faudra recommencer !

— J'ai une entreprise à gérer, Robert ; ne l'oublie pas ! intervint son aîné en redressant le volant. Je n'ai pas encore rencontré un comptable qui calcule à ma façon !

Vivienne regardait le paysage par la fenêtre.

— J'aurais dû en profiter pour écrire des lettres aujourd'hui... Oh ! regardez ce joli tapis de fleurs roses sous cet arbre ! se hâta-t-elle d'ajouter pour changer de sujet comme la voiture traversait un verger.

Trent et Vivienne étaient redevenus ennemis. Durant le reste de la semaine, à peine s'adressèrent-ils la parole. Trent s'arrangeait pour éviter la jeune fille. Celle-ci n'en était pas fâchée car en réalité, ils avaient très peu de choses en commun, et elle fut même contente d'éprouver à nouveau de l'antipathie chaque fois qu'elle songeait à lui.

Ils ne se querellaient pas, loin de là. En apparence, rien n'avait changé. En présence du jeune invalide, Trent était affable et plaisantait sans arrêt. Seule l'Anglaise devinait à quel point elle lui était indifférente.

Robert devenait de plus en plus dépendant de la jeune fille. Ils passaient de longs moments ensemble dans le parc de Koudia. Par suite de son immobilité forcée, l'invalide s'était découvert une passion pour la nature, d'où son vif intérêt envers les poètes qui avaient su la décrire. Ses lettres à Lucy avaient été émaillées de citations ; aussi Vivienne se sentait-elle décontenancée quand elle essayait de se mettre à son diapason. Un jour, ils étaient assis dans leur jardinet de prédilection quand le jeune homme déclara en regardant la baie au loin :

— Je n'ai jamais mis les pieds sur une île. J'ai vu la mer — j'en ai même connu plusieurs — mais j'ignore quel sentiment on éprouve lorsque l'on est entouré d'eau.

Vingt-quatre ans seulement et jamais il ne se rendrait sur une île ! Vivienne détailla ses cheveux blonds comme les blés, sa nuque puissante et hâlée, ses épaules larges. Toute cette jeunesse perdue ! déplora-t-elle en son for intérieur. Puis soudain, son compagnon se mit à réciter à voix haute :

— *Les saules pâlissent, les trembles tressaillent, les doux zéphyrs font frémir l'onde qui coule, éternelle, près de l'île dans la rivière...*

Lucy aurait su comment répondre. Douce, sincère, elle se sentait elle aussi des affinités avec les poètes, avec la nature. Mais Vivienne, elle, était complètement désemparée.

— Qu'est-ce donc ? J'en ai le frisson !

Il tourna lentement la tête ; l'illusion avait cessé. Elle avait été incapable de lui donner la réplique et il était déçu.

— L'île de Shalott, expliqua-t-il. La dame de Shalott était maudite ; elle trouva un bateau et quitta l'île. *Elle détacha la chaîne et s'allongea. La rivière au loin l'entraîna...* Elle vogua à la recherche de son chevalier *jusqu'à ce que son sang se fige lentement et que ses yeux s'obscurcissent pour toujours.*

Il saisit la main de Vivienne et chuchota :

— Mais vous, vous êtes vivante, vous êtes belle. Embrassez-moi, Vivienne...

Il l'attira contre lui et chercha sa bouche avec avidité. La jeune fille avait du mal à surmonter ce sentiment d'aversion qu'elle éprouvait en l'embrassant tant cette supercherie la dégoûtait. De plus, elle devinait chez son compagnon un besoin, une ardeur qui l'effrayaient.

Lorsqu'ils revenaient à la piscine après ces moments tumultueux, Trent leur jetait un vague coup d'œil et se replongeait aussitôt dans son travail. L'Anglaise se sentait plus à l'aise sur la terrasse. Elle avait du mal, en effet, à faire face aux avances amoureuses de Robert ; aussi, au lieu de redouter la compagnie du maître de maison, elle y trouvait maintenant un semblant de réconfort. En outre, comme l'invalide adorait nager, il était moins enclin à l'ennuyer quand il était dans l'eau. Et pour racheter sa propre froideur quand ils se retrouvaient en tête à tête, elle décida de se rattraper dans la piscine.

Donc, cet après-midi-là, pour faire plaisir à Robert, au lieu d'enfiler son éternel maillot, elle revêtit le bikini qu'avait glissé Lucy dans sa valise. Sa tenue remporta un vif succès ; dès qu'il l'aperçut, le cadet des Colby émit un sifflement admiratif.

— Je suis toute pâle par endroits ! se plaignit-elle en riant. Je vais être obligée de recommencer les bains de soleil !

— Donnez-moi votre crème solaire, je vais vous en mettre ! proposa Robert.

Elle l'avait bel et bien cherché ! comme elle n'avait pas le choix, elle obéit gaiement... Allongée sur le ventre, elle laissa Robert lui enduire le dos sans toutefois oser tourner la tête vers Trent. Ils allèrent ensuite se baigner. Vivienne et Robert arrivaient maintenant à communiquer en arabe avec Haroun et ils formaient un joyeux trio. Ce jour-là, les jardins de Koudia résonnèrent de leurs cris et de leurs rires.

Robert était vite épuisé depuis quelque temps. Aussi ne s'étonna-t-elle pas outre mesure quand le jeune invalide lui annonça qu'il se retirait chez lui. Il leva la tête pour recevoir son baiser puis elle le regarda s'éloigner, heureuse de leur après-midi. Elle enfila ensuite sa sortie de bain, et comme elle en avait l'habitude à cette heure-là, partit en promenade dans le parc. C'était pour la jeune fille une façon d'échapper momentanément aux lourdes responsabilités qui lui avaient été imposées. Ce jour-là, toutefois, elle ne devait pas connaître ce bref répit. Quelle ne fut pas sa surprise, quelques minutes plus tard, de voir apparaître Trent ; il affichait une expression particulièrement sévère...

Il faisait encore très chaud. L'aîné des Colby portait

un pantalon de toile et une chemisette marron qui soulignaient son allure virile. Il montra à son invitée quelques fleurs exotiques puis s'arrêta à l'ombre d'un palmier d'où l'on avait une vue superbe sur les vergers.

— Vous êtes déjà venue à Tanger, m'avez-vous dit l'autre jour. Vous avez sans doute fréquenté les plages ?

Vivienne avait déjà vu son hôte d'humeur hargneuse mais cette fois, il avait pris, pour lui parler, un ton qui la mit hors d'elle.

— J'adore le soleil ! Quel mal y a-t-il à cela ?

— Aucun ! A condition d'être vêtu correctement !

Voilà donc la raison de sa colère ! La jeune Anglaise se mit à trembler.

— Si mon bikini vous choque, pourquoi ne pas me l'avoir dit carrément ? Ne voulez-vous pas que je fasse plaisir à votre frère ?

— Si, mais vous n'êtes pas forcée de vous montrer indécente !

Vivienne rougit violemment :

— Pourquoi cherchez-vous à tout déprécier ? Si j'ai porté ce bikini aujourd'hui, c'est uniquement pour Robert. D'ailleurs, cette tenue est très convenable !

— C'est une affaire d'opinion !

Il posa les yeux sur la peau douce et hâlée de la jeune fille puis détourna vivement le regard.

— Il n'y a pas que Robert ! ajouta-t-il brusquement. Vous oubliez Haroun !

— Haroun ! s'exclama-t-elle abasourdie. Il faudrait que je sois plantureuse, voilée et vêtue du *haïk* pour qu'il daigne s'intéresser à moi !

— Ils sont tous intéressés ! répliqua son interlocuteur avec mépris. Je suis un homme, je suis bien placé pour le savoir.

— L'êtes-vous vraiment ? Je croyais que vous vous passionniez uniquement pour le chiffre d'affaires de votre casino !

Quel démon l'avait poussée à exprimer une telle

remarque ? Le coup avait porté, s'aperçut-elle, satisfaite. Son hôte était écarlate. Il lui jeta un coup d'œil dangereusement glacial et prononça :

— Vous me connaissez très mal, Vivienne. Je vous conseille, pour votre bien, de monter dans votre chambre et de vous habiller.

— N'ayez crainte, je m'y rends ! Désormais, je vais porter mon maillot jusqu'à ce qu'il tombe en lambeaux... ce qui ne saurait tarder !

— Je vous en commanderai une douzaine ! rétorqua Trent.

— L'argent ! Vous n'avez que ce mot à la bouche !

— Connaissez-vous quelque chose de mieux ?

— Laissez-moi le temps de réfléchir et je trouverai bien !

Elle courut vers la maison. Quand elle parvint chez elle, son cœur battait à tout rompre et ses paupières étaient perlées de larmes. Elle se jeta sur son lit et laissa échapper un long soupir. Pourquoi ses querelles avec Trent l'épuisaient-elles tant ?

5

Le dîner, ce soir-là, fut particulièrement pénible à supporter. Combien la jeune fille aurait souhaité avoir eu l'audace de rester dans ses appartements !

Elle se demandait parfois si, en réalité, ils n'étaient pas tous deux tendus et nerveux à cause de l'état de santé de Robert. Depuis quelque temps, l'invalide était à bout de forces ; il avait le teint gris, les joues hâves. En le voyant ainsi, elle était terrifiée. Trent s'était-il aperçu, lui aussi, de ce changement chez son frère ?

Le lendemain de la visite hebdomadaire de Robert à l'hôpital, se produisit un événement que l'Anglaise appréhendait depuis longtemps. Dès le petit déjeuner terminé, elle poussa le fauteuil roulant vers leur coin préféré. Ils bavardèrent de choses et d'autres, regardèrent les navires dans le port ; mais le malade avait visiblement l'esprit ailleurs. A un moment donné, il prit la main de sa compagne et déclara :

— Vivienne, si seulement nous ressemblions aux autres couples ! Nous louerions une cabine sur l'un de ces paquebots et ferions le tour du monde !

Feignant de mal interpréter le sourire de son interlocuteur, elle s'exclama :

— Nous ne nous débrouillons pas si mal pour le moment ! Nous jouissons d'une vue superbe...

— Vous me comprenez fort bien, murmura-t-il, le regard brûlant de désir, en l'attirant vers lui. Je vous veux près de moi, dans mes bras... Oh, pourquoi suis-je cloué à cet affreux fauteuil ?

Horrifiée, elle le vit s'approcher ; il déployait un suprême effort pour se glisser sur le siège à ses côtés. Comment faire pour ne pas le peiner ? se demanda-t-elle. Soudain, il tressaillit et s'écroula comme une masse à ses pieds.

Vivienne mit une bonne minute avant de se ressaisir. Puis elle poussa un cri étranglé et se mit à courir. Sans s'en rendre compte, elle hurlait le nom de Trent. Elle se rappela uniquement avoir dégringolé le sentier et s'être heurtée contre lui au moment où elle franchissait la haie. Le visage inondé de larmes, elle se blottit dans ses bras et d'une voix saccadée, lui raconta l'accident. Son hôte blêmit.

— Conduis Miss Blyth chez elle et occupe-toi d'elle ! ordonna-t-il à Abdul qui l'avait suivi.

Puis il se précipita vers son frère.

Jamais Vivienne n'avait vécu une matinée plus longue. Depuis sa fenêtre, elle vit les médecins arriver et après ce qui lui sembla une éternité, repartir. Elle se mit à faire les cent pas dans sa chambre, croyant s'effondrer à tout moment d'anxiété et de tension nerveuse. Enfin, incapable de supporter plus longtemps cette attente interminable, elle ouvrit sa porte à toute volée pour chercher des nouvelles ; mais au même moment, Trent apparut. Elle chercha sur son visage une réponse à son angoisse. Il semblait las mais sur ses lèvres se lisait une ébauche de sourire.

La jeune Anglaise poussa un soupir de soulagement.

— Il a eu une faiblesse mais dans quelques jours, il ira mieux, annonça-t-il. Il aura besoin de soins pendant quelque temps...

— Je m'en charge, l'interrompit-elle. Haroun est très efficace mais Robert sera content de m'avoir à ses côtés s'il doit garder la chambre.

— Si vous vous en sentez capable, je veux bien.

D'ailleurs, il vous réclame. Tout à l'heure, je vous emmènerai chez lui.

Après le déjeuner, Trent et la jeune Anglaise traversèrent le hall pour se diriger vers l'aile gauche de la villa. Ils prirent l'ascenseur, installé exprès pour recevoir le fauteuil roulant, et montèrent jusqu'aux appartements de Robert dont les fenêtres dominaient la campagne, la ville et la mer. L'invalide, allongé dans son lit, était adossé à ses oreillers. Il était encore affreusement pâle.

— Bonjour ! lança-t-il avec un pauvre sourire en apercevant Vivienne. Je ne vous ai pas fait peur, j'espère !

— Si, mais l'essentiel, c'est que vous vous portiez mieux.

— A-t-on idée de s'évanouir à l'instant même où nous en arrivions aux choses sérieuses ! murmura-t-il avec une moue espiègle.

Consciente de la présence de Trent à ses côtés, l'intéressée, les joues rosies, s'empressa de déclarer tout en lissant les draps :

— Finies les bêtises pour le moment ! C'est moi qui vous donnerai vos médicaments et vos repas. Et c'est inutile de feindre le manque d'appétit !

Elle n'avait pas choisi une tâche facile. Depuis son évanouissement, son compagnon était encore plus dépendant qu'auparavant et elle devait dépenser beaucoup d'énergie pour l'égayer. Elle passait ses matinées à son chevet, le laissait seul l'après-midi pour lui permettre de se reposer. Puis elle revenait à ses côtés et lui faisait la lecture ou encore jouait aux cartes avec lui. Parfois, elle dînait dans la chambre du malade avec Trent. Momeen installait alors la grande table sous la fenêtre, y disposait nappe damassée, cristaux et argenterie et Maurice, le cuisinier, préparait les petits plats préférés du malade : rien n'était trop beau pour Robert ! Quand ils mangeaient ainsi tous les trois, Vivienne jetait à l'occasion un regard en coulisse sur son hôte, vêtu de son smoking, prêt à aller recueillir tout à l'heure l'argent des joueurs. Comment un homme pouvait-il avoir un caractère aussi contradictoire ? se demandait-elle alors. A peine s'adressaient-ils la parole, Trent et elle ; par égard pour Robert, ils feignaient de s'entendre à merveille mais leurs plaisanteries tombaient souvent à plat.

Un soir, après le dîner, son hôte s'apprêtait à partir au casino. Le malade était déjà au lit.

— Repose-toi bien, fit l'aîné ; et bientôt, tu pourras retourner à la piscine.

— Encore quelques parties de cartes avec Vivienne et je dors, répondit l'intéressé.

— Bonne nuit, Vivienne, conclut alors Trent. Prenez garde au baccara et au poker car mon frère y excelle ! A votre place, je jouerais au rami.

— Nous jouons pour le plaisir et non pour l'argent rétorqua-t-elle. Contrairement à vos clients, nous n'avons rien à perdre.

La porte se referma sur lui et le silence se fit dans la pièce. Puis Robert constata :

— Vous n'aimez pas Trent, n'est-ce pas ?

— Mes sentiments envers lui n'ont aucune importance, répondit-elle en tentant de prendre un ton badin. Il est votre frère, un point c'est tout.

— Vous vous trompez sur son compte, je vous assure.

— Je n'aime pas la façon dont il gagne sa vie, avoua-t-elle d'une voix tremblante.

— En tout cas, vous le lui faites bien sentir ! s'exclama-t-il. Venez vous asseoir à côté de moi, ajouta-t-il en tapotant le lit.

Elle posa ses cartes et s'installa.

— J'avais deux ans, commença-t-il, la mine pensive, quand nos parents furent massacrés lors d'un soulèvement indigène au Congo Belge. Ils nous léguaient à peine assez d'argent pour que mon frère, alors âgé de seize ans, termine ses études. Trent, ensuite, me prit en charge. Je ne me souviens guère de ma tendre enfance, sauf qu'il était toujours là quand j'avais besoin de lui. Quand j'atteignis l'adolescence, je désirai absolument devenir rugbyman. Il n'était pas enthousiasmé par ce choix mais fit néanmoins son possible pour m'aider ; même s'il était débordé de travail, il se déplaçait pour me voir participer à des matchs importants. Puis, je tombai malade. Il m'obligea à consulter les plus grands spécialistes dans l'espoir d'une guérison. C'était une cause perdue mais il ne voulait rien entendre.

Vivienne, la gorge nouée, lui serra la main.

— Un jour, continua-t-il, on lui parla de deux médecins français résidant à Tanger ; ils faisaient justement de la recherche sur ma maladie, qui porte d'ailleurs un nom imprononçable. Trent se rendit aussitôt à Tanger, acheta Koudia, engagea des domestiques. Et depuis, il dépense une fortune pour payer les docteurs et m'envoyer chaque semaine à l'hôpital.

Comme il paraissait fort, robuste, malgré son état ! songea-t-elle en observant le beau visage du jeune homme, rougi par l'émotion.

— Vous avez droit à ce confort, Robert, fit-elle avec chaleur. Vous méritez ce qu'il y a de mieux... Tout ce luxe me gêne parce qu'il provient du jeu, ajouta-t-elle en montrant du doigt le superbe mobilier ; mais cela ne signifie pas pour autant que...

Son interlocuteur secoua la tête.

— Ecoutez-moi. Trent a exercé plus d'un métier dans sa vie... il a été explorateur, interprète, prospecteur, soldat. Cela vous étonne, n'est-ce pas ? dit-il en apercevant l'expression surprise de la jeune fille. Mon père était un homme d'affaires averti et mon frère tient de lui. Trent a investi dans le cuivre et dans le pétrole. Et maintenant, il est riche.

— Oh ! s'exclama Vivienne, interloquée. Mais le casino... ?

— Laissez-moi terminer, dit gentiment son interlocuteur. Nous étions en Angleterre quand je tombai malade. Pour me consacrer tout son temps, Trent vendit ses intérêts dans diverses sociétés. Mais désœuvré, mon frère était complètement perdu ! Lorsque nous arrivâmes à Tanger, il chercha une entreprise qui lui permettrait de prendre beaucoup de loisirs. Il a donc acheté le casino afin de travailler le soir quand je serais couché et passer ses journées en ma compagnie. Oh, il gagne beaucoup d'argent, bien sûr ! Mais il est ainsi fait... Laissons les cartes pour ce soir, Vivienne, poursuivit-il. Je suis fatigué. Je veux me reposer afin de redescendre le plus vite possible à la piscine.

L'Anglaise l'effleura d'un baiser puis le borda. Elle se dirigea ensuite vers ses propres appartements, encore bouleversée par les révélations de son compagnon. Elle aurait dû s'en douter pourtant ! Cette maison, avec son mobilier d'époque surchargé, ne portait pas l'empreinte de Trent...

Quand elle dînait en compagnie de son hôte maintenant, la jeune fille était mal à l'aise ; depuis sa conversation avec Robert, elle ne pouvait plus éprouver d'aversion envers l'aîné des Colby et se sentait désarmée. Elle était d'autant plus vulnérable que la défaillance de l'invalide l'avait profondément bouleversée ; elle refusait d'accepter qu'un jeune homme dans la force de l'âge, si beau, si robuste, puisse être frappé d'une maladie incurable. Aussi avait-elle fait tout ce qui était en son pouvoir pour qu'il recouvre un peu de sa vigueur, même au détriment de sa propre santé. Amaigrie, elle avait les traits tirés et sous ses yeux se creusaient des cernes mauves.

Il arrivait souvent à Trent d'observer longuement son invitée. Ils dînaient rarement avec Robert car celui-ci avait repris son existence normale et dépensait toute son énergie dans la piscine. Un soir, alors que la jeune fille avait mangé du bout des lèvres ; son hôte déclara :

— Il faut vous distraire ! Robert passe de meilleures

nuits ; il n'a pas besoin de vous vingt-quatre heures par jour...

Comme à l'accoutumée, ils s'étaient dirigés vers la fenêtre donnant sur la ville illuminée. Vivienne portait un corsage blanc sans manches et une jupe noire ; à ses oreilles pendaient de ravissantes perles.

— La voiture est à votre disposition, poursuivit-il. A propos, vous n'avez pas eu besoin des services d'Abdul ces derniers temps ?

— J'ai tout visité, répondit-elle vivement. Même Tanger a ses limites pour une touriste.

— Et vous, vous n'êtes pas une touriste, nous le savons, répliqua-t-il.

La conversation s'engageait sur un terrain glissant. L'Anglaise se hâta de reprendre d'un ton léger :

— Mais comme vous le dites si bien, il me faut des distractions. Seulement, dans un endroit élégant, Abdul se ferait aussitôt remarquer...

Il tira sur sa cigarette avec une expression songeuse, tout en regardant le paysage. Sa compagne en profita pour l'observer. Elle connaissait bien sa façon de fléchir les épaules quand il voulait démontrer quelque chose... sa curieuse habitude de faire tomber la cendre de sa cigarette d'une chiquenaude... son sourire hautain. Cet homme, décida-t-elle, imposait le respect.

Il se retourna brusquement, interrompant ainsi le fil de ses pensées.

— Je connais un endroit que vous pourriez fréquenter sans risquer de vous faire importuner.

— A Tanger ? s'enquit-elle en haussant un sourcil incrédule.

— Oui, acquiesça-t-il, le sourire narquois. Pourquoi ne viendriez-vous pas au *Café Anglais ?* Vous pourriez prendre une consommation, vous promener dans la salle de jeu...

— Au casino ! s'exclama-t-elle, choquée.

En fait, songea la jeune Anglaise, ce n'était pas une

mauvaise idée car elle avait besoin de s'évader de Koudia.

— Eh bien… ce serait une expérience…

— Vous direz à Abdul de vous y conduire vers dix heures et demie, conclut son interlocuteur en écrasant sa cigarette.

Alors qu'il se retournait pour sortir, Vivienne demanda :

— Comment dois-je m'habiller ?

— Vous êtes très bien ainsi, déclara-t-il en la détaillant de la tête aux pieds. Mais prenez un manteau ; vous rentrerez peut-être tard…

Après son départ, le cœur de la jeune fille se mit à battre à grands coups. Jamais elle n'aurait imaginé retrouver son hôte dans cet endroit qui, peu de temps auparavant, lui inspirait un tel mépris !

Elle avait encore une demi-heure à attendre. Le temps traînait en longueur. Dans sa chambre, elle se maquilla légèrement et se brossa les cheveux. Elle changea de souliers, chaussa des sandales du soir, prit une pochette de velours noir et un châle. Vint enfin le moment de descendre. La limousine stationnait déjà devant la porte.

Une fois en ville, Abdul se gara puis l'escorta à l'intérieur du *Café Anglais;* il accueillit avec une indifférence altière les inclinations déférentes des employés. Vivienne regarda autour d'elle. La description que lui avait faite Robert des lieux, se révélait exacte. Le bar était entouré d'arcades de style mauresque ; sur les murs de stuc blanc étaient accrochées des cages de fer forgé où bavardaient des perroquets. Plusieurs clients européens jouaient aux échecs. Des garçons stylés assuraient le service.

Trent vint à leur rencontre.

— Ne soyez pas nerveuse, chuchota-t-il à Vivienne, en lui prenant le bras. Je vous promets de ne pas vous livrer aux griffes du diable ! Venez, je vous emmène faire le tour du propriétaire.

Abdul les laissa et le maître de maison guida son invitée vers une pièce au carrelage de mosaïque, décorée de palmiers en pots. Puis ils franchirent une seconde série d'arcades pour pénétrer dans la salle de jeu. Autour des tables se pressait une foule bigarrée... élégants messieurs en tenue de soirée, officiers de l'armée marocaine coiffés de turbans, jeunes gens vêtus à la mode hippie, dames en toilettes éblouissantes, douairières habillées de velours, Arabes en vêtements occidentaux et portant le tarbouch rouge. Quelques-uns misaient puis écoutaient, l'expression imperturbable, les propos des croupiers. Les autres étaient là en spectateurs et selon le numéro sortant, poussaient de petits cris de joie ou des grognements déçus.

La jeune Anglaise observait avec attention autour d'elle.

— Plus tard, je vous ferai remettre quelques jetons pour jouer à la roulette ou aux cartes. Mais allons d'abord boire un verre, lui glissa son compagnon à l'oreille.

Tout au bout du vestibule était situé le bureau de Trent, vaste pièce sans fenêtre aux murs noirs capitonnés, meublée d'une grande table ornée de clous dorés, de divans noirs et or et d'un bar. La décoration était complètement différente du reste du casino ; sans doute était-ce un héritage de l'ex-propriétaire, songea Vivienne. Son hôte prit une bouteille sur une étagère vitrée, remplit généreusement deux verres ; il en tendit un à son invitée puis, appuyé nonchalamment à sa table, s'enquit avec humour :

— Que ressentez-vous dans le Palais du Péché ?

— Vous pouvez toujours vous moquer de moi, répliqua-t-elle d'un air pincé ; mais je maintiens que le jeu ne devrait pas exister.

— Vous vous croyez encore à l'époque où des fortunes se gagnaient et s'engloutissaient en une nuit ! La mentalité a changé depuis. Les gens aisés, pour la plupart, ne dilapident plus leurs biens. Il y aura toujours des joueurs invétérés, bien sûr ! C'est-à-dire ceux qui éprouvent une satisfaction morbide à perdre. Mais s'ils ne venaient pas au *Café Anglais,* ils fréquenteraient un autre casino car ils ont le jeu dans le sang.

— Les hommes ont l'art de tourner une discussion à leur avantage !

— C'est tout naturel : nous nous entraînons dès la naissance, rétorqua-t-il avec le sourire.

Sur ces entrefaites, on frappa à la porte. Un homme âgé, vêtu d'un uniforme bleu roi, pénétra dans le bureau. Trent fit les présentations :

— André, mon premier croupier.

— Madame.

Le nouveau venu joignit les talons et s'inclina devant Vivienne ; puis il se tourna vers son patron pour lui glisser quelques mots à voix basse. Le maître de maison se dirigea alors vers le bar et, à la grande surprise de la jeune fille, dévoilà, derrière une étagère couverte de bouteilles, un solide coffre-fort. Il l'ouvrit, compta plusieurs liasses de billets marocains et les remit au croupier. Après le départ de ce dernier, il expliqua d'un ton sec :

— Un joueur a fait sauter la banque. Le casino ne gagne pas toujours, en voici la preuve. Je vais maintenant circuler parmi la clientèle, annonça-t-il après avoir avalé son verre d'un trait.

Sur ce, il s'installa à sa table et griffonna quelques mots.

— Portez ce bon au caissier et demandez-lui la somme que vous désirez. Lorsque vous aurez envie de rentrer à Koudia, faites-le moi savoir ; Abdul vous raccompagnera.

Il l'escorta jusqu'à la salle de jeu. La jeune fille ne prit pas la peine d'encaisser le chèque que lui avait remis Trent car l'argent ne l'intéressait guère. En revanche, elle examina autour d'elle avec intérêt, observa les visages impénétables des joueurs. Abdul circulait discrètement parmi les clients ; il était sans doute chargé d'exercer une surveillance étroite afin de repérer les tricheurs et les fauteurs de troubles. Avec son allure altière, son expression implacable, il avait décidément le physique de l'emploi, pensa Vivienne, un sourire aux lèvres.

Elle se promena ainsi pendant près d'une heure et s'apprêtait à rechercher Trent pour l'avertir de son départ quand, tout à coup, elle demeura clouée sur place.

Elle s'était contentée de considérer les tables de roulette et n'avait pas prêté attention aux parties de chemin de fer, variété de baccara, qui se déroulaient au centre de la pièce. Parmi les joueurs, elle venait de distinguer un homme qui fixait ses cartes avec attention. Elle sentit le sang affluer à sa tête et faillit se trouver mal. Gary ! C'était Gary ! se dit-elle, la joie au cœur. Elle regarda vivement autour d'elle craignant que quelqu'un n'ait deviné son allégresse. Mais rien n'avait changé dans la pièce ; c'était en elle que resplendissait un arc-en-ciel. Si seulement il relevait la tête pour qu'elle puisse rire de son étonnement ! Gary, toutefois, les yeux rivés sur ses cartes, écoutait la voix grave du croupier.

— Messieurs, faites vos jeux !

Gary ne bronchait pas. A la fin, n'y tenant plus, elle lui tira la manche et prononça timidement :

— Bonsoir, Gary. Il y a longtemps que nous ne nous sommes vus.

Il la regarda pendant un moment, tentant visiblement de la reconnaître.

— Vivienne, n'est-ce pas ? fit-il enfin en examinant ses cartes.

— Je suis flattée, déclara-t-elle en essayant de surmonter sa déception. Vous vous souvenez encore de mon nom.

Il ne l'écoutait plus.

— Banco seul ! lança-t-il avant de jurer à voix basse.

La jeune Anglaise se rapprocha de Gary ; celui-ci concentrait toute son attention sur la table.

— J'ai ratissé Tanger dans l'espoir de vous retrouver, annonça-t-elle.

Gary continuait de perdre. Il jeta un coup d'œil à sa voisine et s'écria d'une voix exaspérée :

— Ce n'est pas le moment ! Vous ne voyez pas que je suis occupé ?

Vivienne n'eut pas le temps de réagir. Elle avait aperçu Trent qui s'approchait d'elle.

— Je dois m'en aller. Peut-être... commença-t-elle les yeux brillants d'espoir.

Gary, toutefois, ne songeait qu'à son jeu. Elle n'osait plus rester et partit vivement à la rencontre de Trent.

— Je vous cherchais, intervint-il avec un sourire. Nous avons deux clients passablement ivres qui viennent d'arriver. Je serais plus tranquille si vous partiez. Abdul vous attend.

Vivienne le suivit telle un automate. Par la suite, elle ne devait pas se rappeler le trajet du retour. Extasiée, elle songeait uniquement à Gary... Gary qu'elle venait de retrouver après des semaines de recherches infructueuses. Lorsqu'elle se réfugia dans sa chambre, elle était folle de joie. Comme la vie était surprenante parfois ! Elle avait exploré la ville de fond en comble sans savoir que le saxophoniste se trouvait au *Café Anglais*, presque sous son nez en somme !

Cette nuit-là, elle dormit à peine et le lendemain, elle eut l'impression de vivre dans un rêve. Vers la fin de l'après-midi, après avoir joué au croquet et s'être baignée avec Robert, elle commença à chercher un moyen de retourner au casino, car elle était persuadée que Gary passait ses soirées autour des tables de jeu. Quel prétexte alléguer sans risque d'éveiller les soupçons de son hôte ?

Un peu plus tard, le dîner terminé, alors qu'ils demeuraient à table pour finir une excellente bouteille de bordeaux, Vivienne intervint :

— Attendez-vous beaucoup de monde ce soir au casino ?

Trent s'appuya au dossier de sa chaise et répondit avec un sourire.

— Quand arrive l'été, nous recevons davantage de touristes mais en temps ordinaire, nous avons une clientèle régulière. Je préfère, d'ailleurs.

Il se pencha pour prendre son verre et lui parla comme elle l'avait espéré, de sa visite de la veille.

— Dois-je en conclure que votre tournée dans la salle de jeu vous a laissé une bonne impression ?

Elle passa outre l'expression moqueuse de son interlocuteur et répondit d'un ton léger :

— C'est fascinant d'observer les joueurs mais je ne voudrais pas être à leur place !

— Je sais, admit-il. Vous n'avez pas échangé le bon que je vous avais donné, m'a-t-on répété. Si votre soirée vous a plu, il faut revenir ! ajouta-t-il en conclusion.

— Oh, pourrais-je ? Enfin, je...

Elle baissa vivement les paupières et chercha quelque prétexte plausible.

— Puisque Robert est couché, ce n'est pas vraiment nécessaire que je reste à la maison, me suis-je dit. Je suis fatiguée ces derniers temps et... et il est bon de changer d'air.

— Je suis entièrement d'accord avec vous, déclara son interlocuteur en l'observant avec soin. De plus, j'ai besoin d'Abdul au casino.

Sur ce, il termina son verre et contournant la table pour aider son invitée à se lever, prononça d'une voix affable :

— N'hésitez pas à venir au *Café Anglais* quand vous en aurez envie. Je ferai de mon mieux pour que vous passiez d'agréables soirées.

— Oh, non, je vous en prie ! Ne vous donnez pas de mal pour moi !

— Il y aura des moments où vous devrez demeurer

seule mais tant que vous serez sous mon toit, vos moindres désirs seront satisfaits.

L'Anglaise était debout. Son hôte se trouvait tout près d'elle ; son regard s'attarda plus longtemps qu'il ne l'aurait fallu sur la jeune fille. Puis il déclara d'un ton sec :

— Bonsoir, Vivienne. Nous nous reverrons tout à l'heure, je présume.

Elle hocha la tête, s'efforçant de contenir son émoi. Après le départ de la voiture, elle monta dans sa chambre et chercha un vêtement susceptible de rappeler à Gary l'été qu'ils avaient passé ensemble. Toutefois elle ne possédait plus rien de sa garde-robe d'adolescente. Elle était une femme désormais et son comportement avait changé.

Elle opta pour une robe blanche et un boléro doré, chaussa des souliers or et choisit un sac assorti. Elle se parfuma et se contempla ensuite dans sa glace d'un air satisfait. Puis elle descendit et pria Abdul d'avancer la limousine. Et si Gary n'était pas là ? se dit-elle tout à coup durant le trajet. Si elle s'était trompée en présumant qu'il passait ses soirées au casino ? Jamais elle ne parviendrait à surmonter sa déception...

Dès qu'elle pénétra dans l'établissement, elle examina attentivement les nombreux clients dans le bar. Peut-être Gary était-il déjà arrivé et prenait-il une consommation avant de se rendre à la salle de jeu.

Occupée à scruter la foule, elle faillit se heurter à Trent. Il la prit aussitôt par les épaules pour l'empêcher de tomber.

— Votre robe est ravissante ! Quel délicieux parfum ! Je me dirigeais justement vers mon bureau. Nous avons le temps d'ouvrir une bouteille avant qu'il n'y ait trop de monde.

— Avec plaisir, accepta Vivienne.

Elle pouvait difficilement refuser sans semer le doute dans l'esprit de son hôte.

Dans le bureau, le maître de maison s'empara d'une

bouteille d'un excellent champagne et de deux flûtes de cristal. Ils venaient à peine d'y tremper les lèvres qu'André fit irruption. Il s'excusa, discuta quelques instants avec Trent puis ressortit. Quelques minutes plus tard, la porte s'ouvrait de nouveau pour livrer passage à l'un des barmans qui avait, lui aussi, à demander l'avis de son patron pour résoudre un problème.

— Vous êtes débordé, intervint la jeune fille. Je vous laisse ; continuez, je vous en prie.

Il l'accompagna à la porte et déclara avec un sourire las :

— Vous êtes libre de vous promener à votre guise dans le casino ; les membres du personnel sont au courant. Si vous avez quelque ennui, avertissez Abdul. Nous nous reverrons tout à l'heure.

Vivienne sortit tout en souhaitant avoir le temps de parler avec Gary avant que Trent ne quitte son bureau. Elle se dirigea sur-le-champ vers la salle de jeu. Mais il n'y avait aucun signe du saxophoniste. Elle décida alors de retourner au bar. Tout en déambulant parmi les tables, elle remarqua que les employés s'inclinaient imperceptiblement sur son passage. Ils l'avaient vue en compagnie de Trent qui les avait priés de traiter la jeune Anglaise avec la plus grande courtoisie.

Elle regagna la salle de jeu. Cette fois, elle sursauta ; elle venait d'apercevoir Gary, debout tout près de la roulette.

— Bonsoir ! lança-t-elle d'un ton enjoué. Misez-vous encore de fortes sommes ?

Son interlocuteur ne sembla pas apprécier la plaisanterie. Il tourna légèrement la tête, parcourut la jeune fille du regard et prononça d'un ton distrait :

— C'était donc vous hier soir ! Je me suis demandé si je n'avais pas rêvé.

— Etait-ce un beau rêve ? s'enquit-elle, affichant un sourire radieux. Cela fait quatre ans déjà, Gary.

— Je ne cessais de me répéter votre nom, dit-il

comme s'il n'avait pas entendu. Tout à coup, je me suis souvenu ! Vivienne Blyth... du temps où je travaillais à l'hôtel Riadh. Qu'avez-vous fait depuis ? demanda-t-il en glissant une main dans la poche de son veston.

— Oh... commença Vivienne.

Elle s'apprêtait à lui répondre d'un ton badin quand il marmonna tout en sortant des jetons :

— Je vous prie de m'excuser un instant.

Il examina sa petite pile de jetons, en plaça la moitié sur des cases chiffrées. Puis la voix du croupier se fit entendre ; les jeux étaient faits. La roulette se mit à tourner.

— Vous disiez ?

— Oh, rien ! répliqua-t-elle. Pourquoi n'avez-vous pas tout misé sur votre chiffre chanceux ? Votre anniversaire de naissance, par exemple. Songez à ce que vous pourriez gagner si ce numéro sortait !

— Il ne faut jamais compter sur la chance au jeu mais au contraire savoir bien calculer.

La boule s'immobilisa. Gary avait perdu. Pour lui faire oublier sa déception, la jeune fille s'enquit gaiement :

— Et vous ? Comment vous tirez-vous d'affaire ?

— Je n'ai pas à me plaindre, fit-il avec un haussement d'épaules. Je fais de la photo maintenant. J'ai abandonné la musique ; la concurrence est trop forte.

La voix du croupier domina momentanément les bavardages fiévreux des joueurs.

— Ce n'est pas l'endroit idéal pour discuter. Pourquoi ne...

— Un instant !

Gary triturait ses jetons, regardait la table. Il lança à la jeune femme, avec un soupçon d'impatience :

— Il faut suivre le jeu !

Cette fois cependant il ne misa pas.

— Pourquoi n'allons-nous pas boire un verre ? insista Vivienne. Nous pourrions parler du bon vieux temps.

— Oui, si vous voulez, acquiesça-t-il, les yeux rivés sur la roulette.

Vivienne jeta un coup d'œil rapide autour d'elle car elle guettait l'arrivée de Trent. Elle l'aperçut justement à l'autre extrémité de la pièce. Son cœur se mit à battre follement dans sa poitrine. L'avait-il vue discuter avec Gary ?

6

Trent prit le bras de l'Anglaise.

— Venez, je vais vous présenter des gens du monde qui aiment bien être vus au *Café Anglais.*

Il avait parlé d'un ton amusé. Elle se détendit quelque peu et cacha derrière un sourire la déception que lui avait causée l'accueil indifférent de Gary.

— Trent, cher ami ! Je disais justement à Cynthia... oh, qui est cette charmante demoiselle ?

L'inconnu détailla Vivienne de la tête aux pieds d'un regard enjôleur. Trent présenta la jeune fille comme l'amie de son frère et elle eut droit aux coups d'œil curieux de quelques clients en train de prendre un verre au bar.

— Je disais à Cynthia, reprit leur interlocuteur, que vous devriez ouvrir un grand restaurant français comme celui que nous avons à Cannes.

— Nous sommes au Maroc, Derek, fit le maître de maison, affable. Le *Café Anglais* doit sa réputation à sa cuisine du pays servie dans un cadre typiquement marocain.

— Dans ce cas, lança une voix taquine, pourquoi ne pas le nommer *Café Marocain ?*

— Je partage l'avis de Trent, déclara une autre personne. Au restaurant de la Tour Eiffel, on peut manger de la cuisine française. Ici, nous voulons le *couscous* et la *pastilla.*

— Mais le baccara d'abord et avant tout, intervint une femme d'âge mûr vêtue de satin gris perle. J'ai connu un homme qui a fait fortune. Il a doublé son enjeu trente fois et...

— Et le lendemain soir, il a tout perdu, je présume !

Un grand éclat de rire accueillit cette boutade. Sur ce, Trent commanda une boisson pour Vivienne puis lui entoura négligemment les épaules d'un bras. La jeune fille se mêla à la conversation, en apprécia les réparties vives. Au bout d'un moment, lorsque le petit groupe se fut éloigné vers la salle de jeu, Trent intervint :

— Il se fait tard. Abdul va vous raccompagner. Je l'ai prié de régler une légère altercation tout à l'heure ; je vais voir s'il a réussi à arranger les choses.

Vivienne hocha la tête d'un air distrait et demeura près du bar. Soudain, une main effleura son poignet ; elle se retourna. C'était Gary.

— Puis-je vous offrir à boire ? proposa-t-il avec un large sourire.

— Non, je vous remercie ; je viens tout juste de terminer mon verre. Avez-vous gagné ?

— Non, fit-il en esquissant une moue déçue. Mais j'apprends à être bon perdant. Je vous ai aperçue en compagnie de Trent Colby, le grand patron. Est-ce l'un de vos amis ?

— Oui, en quelque sorte.

— Comment se fait-il que vous le connaissiez ?

— C'est une longue histoire.

— J'adore les histoires. D'ailleurs, ne devions-nous pas parler du bon vieux temps, vous et moi ?

La jeune Anglaise surveillait la porte. Tout à coup, le regard affolé, elle déclara vivement :

— Je suis désolée, Gary. Je dois partir. Voilà Trent.

— Eh bien, si vous ne pouvez discuter maintenant, rencontrons-nous demain au *Schéhérazade*... à trois heures.

Vivienne réfléchit rapidement. Le lendemain, Robert passait la journée à l'hôpital et son hôte restait à la maison. Pouvait-elle accepter ce rendez-vous ? Où serait-elle ?

— C'est entendu, prononça la jeune fille, radieuse, avant de s'éloigner.

A peine avait-elle fait quelques pas que Trent la rejoignit, en lui prenant le bras.

— Il y a encore quelques chahuteurs... des touristes qui sont éméchés. Je préfère vous conduire moi-même dehors.

Une fois dans la voiture, Vivienne fut partagée entre la joie d'avoir revu Gary et la panique à l'idée de ce rendez-vous. Et si on les apercevait ensemble ?

Le lendemain, vers deux heures trente, elle sortit de sa chambre, le cœur battant, et descendit l'escalier. La villa était plongée dans le silence. Elle suivit le sentier jusqu'au pavillon d'été où elle s'asseyait parfois avec Robert pour regarder la mer. Puis, elle traversa les vergers ; ainsi il était peu probable qu'on la distinguât depuis la maison. Après avoir marché pendant quelques minutes sur la route, elle héla un taxi ; et peu avant trois heures, elle arriva au *Schéhérazade,* un café situé à côté de la Grande Mosquée et fréquenté surtout par les touristes. Elle chercha Gary des yeux, et le remarqua dans un enfoncement à l'intérieur de l'établissement. Il s'était assis à l'écart pour ne pas attirer l'attention sans qu'elle ait eu à l'en prier, songea-t-elle fugitivement.

Elle courut vers lui, le sourire aux lèvres. A sa grande déception, il ne la félicita pas sur sa jolie robe bain de soleil mais se borna à lui indiquer un siège et à demander :

— Que buvez-vous ?

— Un muscat, énonça-t-elle, une lueur nostalgique dans le regard.

— Par cette chaleur ? grimaça-t-il. Moi, je vais prendre une bière.

Elle se contenta donc d'un citron pressé. De toute façon, quatre ans auparavant, elle n'appréciait pas le muscat, se dit-elle avec philosophie... Le garçon apporta les boissons. Gary leva son verre en guise de toast puis l'avala à longs traits. Il avait les cheveux clairsemés et autour de ses yeux et de sa bouche, l'Anglaise aperçut des rides qu'elle n'avait pas remarquées au casino. Il était toujours le même homme... celui qui avait fait battre son cœur quelques années plus tôt. Elle prononça d'une voix douce :

— Parlez-moi de vous.

— Je fais de la photo avec un ami, répondit-il avec le haussement d'épaules qui lui était familier. Il se tient rue de Fès et photographie les passants ; quant à moi, je développe les clichés. Ce n'est rien d'extraordinaire mais c'est une manière comme une autre de subvenir à ses besoins.

— Et le casino ? demanda-t-elle.

— C'est le seul endroit où l'on peut toucher rapidement une grosse somme. Je n'ai pas l'intention de passer ma vie à tirer des photos ! A propos, vous étiez sur le point de m'expliquer hier soir comment vous avez connu Colby. On ne croise pas tous les jours une personne étroitement liée avec l'une des personnalités les plus riches de Tanger !

— C'est une longue histoire, je vous l'ai déjà dit.

— J'ai tout l'après-midi.

— Vous ne le croirez jamais !

— On verra bien !

Il aspira une bouffée de sa cigarette ; Vivienne crut déceler un soupçon d'impatience dans son geste. Jamais la jeune fille n'aurait dévoilé son secret à quiconque mais à Gary, elle pouvait tout raconter. Elle lui narra l'amitié par correspondance qui s'était transformée en amour... la maladie de Robert et finalement, l'imposture.

— Si j'ai bien compris, conclut son interlocuteur, le jeune Colby ignore tout de la supercherie.

— C'est exact. Robert est heureux ; c'est l'essentiel. Jamais il n'apprendra la vérité.

— Est-il condamné ?

— J'en ai bien peur, soupira-t-elle. Il s'affaiblit de jour en jour. Pourquoi la vie est-elle si cruelle ? jeta-t-elle, le ton amer. Si quelqu'un mérite de vivre, c'est Robert ! Il est doux, généreux, charmant ; je l'aime beaucoup et jamais je ne voudrais lui faire de mal... Voilà pourquoi je suis partie si vite hier soir. Si Trent était au courant...

A cette pensée, elle frissonna.

— Colby aime beaucoup son jeune frère, si je ne m'abuse.

— Il l'adore ! Il le protège !

— Ce ne doit pas être désagréable pourtant d'habiter cette luxueuse villa ! Elle regorge de superbes œuvres d'art, paraît-il.

— Je n'ai pas remarqué, avoua son interlocutrice en toute simplicité, car je passe mes journées dehors. Robert est encore capable de nager et il aime...

Mais son compagnon ne l'écoutait plus. Abîmé dans ses pensées, il écrasait le bout de sa cigarette dans le cendrier. Puis, jetant un coup d'œil à sa montre :

— Je dois partir.

— Déjà ? s'exclama-t-elle, incapable de cacher sa déception. Je vous croyais libre cet après-midi !

— J'exagérais un peu. En fait, j'ai du travail au laboratoire. Je veux absolument vous revoir, ajouta-t-il en lui prenant la main. Ce soir, au casino ?

Envahie d'une joie indescriptible, Vivienne n'en était pas moins inquiète.

— C'est risqué, Gary. Trent me croit amoureuse de son frère, ne l'oubliez pas ! insista-t-elle. Je ne dois pas donner l'impression de sympathiser avec d'autres hommes au *Café Anglais !*

— Il n'y a aucun mal à cela ! s'exclama Gary avec un haussement d'épaules. Les fiancées et même les femmes mariées discutent avec d'autres hommes quand elles sortent !

Il avait raison, réfléchit-elle. Après tout, la veille, le

dénommé Derek, lui avait fait une cour effrénée et Trent n'y avait attaché aucune importance.

— Entendu. Mais ce soir, c'est impossible. Lorsque Robert a passé la journée à l'hôpital, je reste plus longtemps auprès de lui. Demain, si vous voulez.

— D'accord. Attendons onze heures pour qu'il y ait beaucoup de monde : ainsi personne ne nous remarquera.

Il se leva aussitôt et disparut. Il avait négligé de régler les consommations mais peu importait. Les joues rosies par l'émotion, Vivienne fouilla dans son sac pour trouver la monnaie puis sortit du café. Tout compte fait, ils n'avaient pas parlé d'autrefois, se rendit-elle compte en hélant un taxi. Gary, néanmoins, voulait la revoir et comprenait la situation au sujet de Robert. N'était-ce pas le bonheur parfait ?

Ce soir-là, l'Anglaise se montra aux petits soins pour le malade. Il revint de l'hôpital le teint blafard et réclama aussitôt son lit. Elle monta avec lui dans sa chambre, prépara son pyjama et son peignoir. Elle choisit quelques recueils de poèmes, les disposa sur la table de nuit, puis remplit d'eau fraîche la carafe de cristal. Trent les avait accompagnés ; la jeune fille sentait son regard posé sur elle tandis qu'elle se déplaçait dans la pièce. Si seulement elle n'éprouvait pas ce sentiment de culpabilité ! Après tout, tenta-t-elle de se persuader, ne faisait-elle pas de son mieux pour rendre Robert heureux ? N'avait-elle pas à s'occuper de sa propre vie ?

Son hôte descendit se changer en prévision du dîner et elle demeura encore un moment au chevet du jeune invalide. Adossé à ses oreillers, ce dernier regarda les innombrables flacons de médicaments posés sur sa table puis prononça avec un humour noir :

— De toutes ces pilules, il n'y en a pas une seule qui puisse m'aider à renaître à la vie !

Vivienne était assise à son chevet. Elle aurait donné beaucoup pour que disparaisse à jamais cette lueur de peur et de désespoir dans les yeux de Robert. Il attira la jeune fille contre lui, enfouit son visage dans ses cheveux.

— Serrez-moi, Vivienne. Serrez-moi fort.

Le maître de maison et son invitée dînèrent en silence ce soir-là. Il régnait dans la villa une atmosphère lugubre. Même l'exubérant Momeen était particulièrement silencieux. Dès le départ de son hôte, l'Anglaise se retira pour la nuit. Rien ne l'empêchait d'aller retrouver Gary au casino mais elle n'avait pas le cœur à sortir.

Quand le soleil brille dans un ciel sans nuages s'envolent comme par enchantement toutes les angoisses nocturnes. Les arbres en fleurs, les palmiers se reflétant dans l'eau calme de la piscine, la végétation luxuriante contribuèrent le lendemain à remonter le moral des habitants de Koudia. Le petit déjeuner fut presque gai. Robert était reposé et mangea même d'un bon appétit sous le regard attendri de sa compagne. Trent, ce matin-là, était vêtu d'une chemisette imprimée et d'un pantalon de toile dont les teintes rehaussaient son teint hâlé. Jamais ses yeux n'avaient paru plus bleus, songea Vivienne. Elle avait une envie folle de chanter mais en ignorait la raison ; ce repas pris en compagnie des deux frères dans ce climat de rêve atteignait presque la perfection. Après leur collation, elle poussa le fauteuil roulant du jeune invalide à travers le parc ; dans le verger, ils s'amusèrent beaucoup tous deux des gambades d'un chiot appartenant à l'un des ouvriers agricoles. Ils passèrent l'après-midi dans la piscine à se bagarrer en riant, comme des enfants insouciants. Vivienne se sentait radieuse sous ce ciel pur, entourée par cette nature en fête. Si seulement la vie continuait ainsi ! Si seulement Robert... Elle réprima vivement la douleur qui l'assaillait et éclatant d'un rire joyeux, se précipita pour attraper le ballon.

Elle se rappela son rendez-vous avec Gary uniquement quand elle se retrouva chez elle avant le dîner. Elle revêtit une robe rose pâle soulignée d'un fil d'argent, attacha ensuite deux minuscules barrettes en forme d'étoile dans ses cheveux et appliqua sur ses lèvres un fard nacré qui rehaussait l'éclat de son teint hâlé et de ses yeux noisette.

Son hôte l'attendait dans la salle à manger. Il la détailla de la tête aux pieds mais n'exprima aucun commentaire sur sa tenue. Durant le repas, ils évoquèrent sur le ton de la conversation, les différents faits de la journée. Ils étaient parvenus au dessert quand Trent fit remarquer :

— Vous êtes particulièrement en beauté, ce soir. Vous proposeriez-vous de venir au casino ?

— Y voyez-vous quelque objection ? s'enquit-elle en se servant de cerises au sirop.

— Aucune, répondit-il avec le sourire. Vous avez besoin de vous distraire et je préfère vous savoir au *Café Anglais*.

Après leur collation, ils se dirigèrent vers la fenêtre. Les nuits étaient chaudes maintenant ; le maître de maison guida la jeune fille vers un balcon qu'enguirlandaient vigne et lierre. Ils fumèrent leur cigarette en silence tout en observant les lumières scintillantes de la ville et en écoutant au loin les vagues de l'Atlantique se briser sur la plage. Lorsque Trent décida de rentrer dans la maison, son heure habituelle de départ était passée depuis longtemps.

Vivienne monta dans sa chambre pour se rafraîchir. Alors qu'elle entendait la voiture démarrer, elle vérifia son maquillage et se parfuma légèrement. Il était presque dix heures lorsqu'elle descendit ; elle s'apprêtait à prier le domestique d'avancer la limousine quand son hôte apparut. Par bonheur, elle parvint à cacher sa stupéfaction.

— Abdul m'a devancé au casino. J'ai cru bon de

vous accompagner puisque nous nous rendons tous deux au même endroit.

— Je vous remercie, prononça-t-elle.

Son cœur battait à tout rompre tandis qu'ils se dirigeaient vers la voiture de sport.

Devant le *Café Anglais* se tenait un attroupement de Marocains, vêtus d'habits grossiers ; ils étaient d'humeur particulièrement agressive à en juger par leurs éclats de voix. La jeune fille sentit sur son bras se resserrer la main de Trent. Soudain, l'un des hommes poussa un cri ; une rixe éclata aussitôt. Dans leur lutte, ils démolirent tout sur leur passage, renversèrent les bacs à fleurs. Le couple était sur le point de pénétrer dans le casino quand l'Anglaise reçut un coup à la jambe et tressaillit de douleur. Trent laissa échapper un juron et poussa vivement sa compagne à l'intérieur tout en lançant aux bagarreurs des insultes virulentes.

Dès qu'ils furent entrés dans l'établissement, le maître de maison demanda à son invitée en examinant sa blessure :

— Comment vous sentez-vous ?

— Ce n'est qu'une égratignure, fit-elle en riant.

— Allez dans mon bureau vous remettre de vos émotions, suggéra-t-il en lui tendant un trousseau de clefs. J'irai vous retrouver aussitôt que j'aurai donné l'ordre de réparer les dégâts.

Vivienne traversa le bar. Personne n'avait remarqué leur entrée mouvementée. Dans le vestibule, elle fut saluée avec courtoisie par un employé coiffé d'un turban. Puis elle pénétra dans le bureau. Elle se nettoya la jambe dans le cabinet de toilette et se recoiffa. Lorsque Trent arriva, elle admirait une vieille carte de Tanger accrochée au mur.

— Vous sentez-vous mieux ? s'enquit-il avec un sourire.

— Je ne puis même pas vous réclamer des dommages et intérêts pour m'acheter une nouvelle paire de bas ! soupira-t-elle avec humour tout en jetant un coup d'œil sur ses jambes hâlées.

Une petite ecchymose bleuissait le tibia de la jeune fille. Son hôte ouvrit l'armoire à pharmacie au-dessus du lavabo, y prit un pot de pommade.

— Voilà qui calmera la douleur.

Tandis qu'elle s'asseyait sur le divan, il s'accroupit à ses pieds et avec des gestes infiniment doux, appliqua le baume sur la blessure. Tandis qu'il la massait, l'Anglaise remarqua les épaules larges et musclées sous le smoking, les reflets cuivrés de sa chevelure.

Cependant quand il se releva, il affichait une expression sévère.

— Je me demande si je vous permettrai de revenir au casino le soir !

— Mais pourquoi ? Je n'ai qu'une éraflure !

— Je ne voudrais pas vous voir mêlée de nouveau à ce genre d'incident. A cette époque de l'année, beaucoup d'hommes descendent des collines pour chercher du travail ; dès qu'ils gagnent un peu d'argent, ils perdent la tête.

Sur ces entrefaites, quelques membres du personnel vinrent à tour de rôle consulter leur patron sur la marche à suivre de la soirée. Vivienne glissa à son hôte :

— Je vous laisse travailler ; je vais faire un tour à l'intérieur du casino.

— Votre jambe ne vous fait pas souffrir, vous en êtes sûre ? s'enquit-il en l'accompagnant à la porte.

— Je n'y pensais déjà plus, le rassura-t-elle.

Il était encore tôt. Pour passer le temps, Vivienne se rendit au bar et se jucha sur un tabouret. On commençait à la connaître dans l'établissement. Elle conversa avec l'un des employés, un Espagnol hilare, et le quitta lorsque les clients se mirent à affluer. Elle se rendit ensuite à la salle de jeu et s'installa à l'une des tables pour regarder la partie. Elle ne se préoccupait plus de

Gary, quand, tout à coup, une voix connue murmura à son oreille :

— Bonsoir ! comment allez-vous ?

— Vous m'aviez promis d'attendre que la salle soit comble, chuchota-t-elle, affolée.

— Il n'y a rien à craindre. Trouvons un endroit retiré : ainsi nous pourrons parler librement.

Il la guida aussitôt vers le bar et commanda à boire. Quand le garçon eut apporté les consommations, Gary prit la main de la jeune fille dans la sienne.

— Comme je suis heureux de vous revoir, ma chérie. L'autre jour, je me suis senti bien méchant de vous avoir quittée à la hâte ! M'avez-vous pardonné ?

Quelque peu abasourdie par cet accueil chaleureux, son interlocutrice répondit avec un rire nerveux :

— Bien sûr ! Après tout, vous étiez obligé de travailler ! Je ne vous en veux pas.

— Cela signifie-t-il que vous n'avez pas songé à moi ? fit-il, en esquissant une moue désappointée. J'ai compté les heures qui me séparaient de vous. Dire que nous sommes forcés de nous rencontrer en cachette !

— Je suis navrée, prononça sa compagne, mal à l'aise. Je vous ai pourtant expliqué la situation. Je croyais que vous aviez compris...

— Ne vous méprenez pas sur le sens de mes paroles, s'empressa-t-il de répliquer. Je suis prêt à faire des concessions pour ne pas chagriner le jeune Colby. Mais tandis que je meurs d'envie de vous serrer dans mes bras, j'ai uniquement le droit de vous offrir un verre !

Vivienne était bouleversée. Elle avait attendu cet instant durant quatre longues années. Pourquoi alors n'éprouvait-elle pas l'allégresse qu'elle avait vécue si souvent en pensée ? Au contraire, elle était tendue, nerveuse. Peut-être cette déclaration survenait-elle trop brutalement... peut-être ses inquiétudes au sujet de Robert émoussaient-elles sa joie... En fait, une seule image se présentait à son esprit... celle de Trent, accroupi à ses pieds, en train de masser sa jambe endolorie. Elle éclata de rire pour chasser cette vision et s'empressa de consoler Gary :

— Cela ajoute du piquant à nos rencontres !

— En avons-nous besoin ?

Elle avait sans doute paru vaguement ébahie par une telle ardeur car il ajouta gaiement en changeant de sujet :

— Racontez-moi vos recherches. Vous étiez donc persuadée que j'habitais toujours Tanger ?

L'Anglaise lui expliqua comment elle avait fouillé la casbah, la médina, la ville moderne ; elle avait néanmoins l'impression très nette que son interlocuteur ne l'écoutait pas. Quand elle eut terminé, il lui étreignit de nouveau la main.

— Nous sommes enfin réunis. Le reste importe peu.

Ils étaient assis depuis une vingtaine de minutes lorsque la jeune fille, après avoir jeté un coup d'œil inquiet autour d'elle, proposa :

— Ne ferions-nous pas mieux de retourner à la salle de jeu ?

— J'ai une meilleure idée encore.

Quelques mètres plus loin, une porte s'ouvrait sur les jardins. Gary y conduisit la jeune fille. L'air embaumait le citronnier ; on entendait tout près le va-et-vient incessant de l'océan.

Gary attira Vivienne contre lui et posa ses lèvres sur les siennes. Cette dernière avait rêvé mille fois de cette scène ; mais au lieu de se blottir contre lui, de lui rendre son baiser, elle observa nerveusement les fenêtres de la salle de jeu.

— Prenons garde, prononça-t-elle à voix basse. On risque de nous voir.

— Il n'y a personne dehors à cette heure-ci, répliqua-t-il avant de l'embrasser de nouveau.

Puis au bout d'un moment qui parut une éternité à l'Anglaise, il relâcha son étreinte et ils se mirent à marcher côte à côte. Elle brûlait de tourner les talons, de courir vers l'établissement, mais craignait de vexer son compagnon.

— Trent ne me permettra plus de revenir au casino, je crois, car une bagarre a éclaté devant la porte au moment où nous arrivions, annonça-t-elle.

— Aurait-il des soupçons ?

— Je l'ignore, répondit-elle en se mordant la lèvre avec nervosité. Aurait-il deviné que je ne suis pas amoureuse de Robert ? Parfois, j'en ai l'impression.

— Vous vous faites des idées. Colby ne se doute de rien, j'en suis persuadé. Maintenant, retournons à l'intérieur : nous entrerons séparément. Et surtout, ma chérie, ne vous inquiétez pas ; la situation ne me gêne aucunement.

Il la serra contre lui et elle se sentit obligée de lui dire :

— Je vous sais gré de vous montrer aussi compréhensif.

De retour dans la maison de jeu, elle ressentit un soulagement intense. Elle se rendit d'abord au bar puis à la salle de jeu. Mais la soirée avait perdu pour la jeune fille tout son charme ; son rendez-vous clandestin avec Gary l'avait énervée et elle n'avait maintenant qu'une hâte : rentrer à Koudia. Trent, un peu plus loin, était plongé dans une conversation animée avec quelques personnes. L'avait-il aperçue ? Elle l'ignorait. Elle se mit à observer une vieille dame vêtue de velours noir ; sur sa tête étincelait un diadème. Des piles de jetons s'accumulaient devant elle.

— Notre meilleure cliente, lui chuchota Trent qui l'avait rejointe, tout en saluant la dame d'une légère inclination de tête. Elle perd très rarement.

— N'êtes-vous pas ennuyé de la voir gagner si souvent ? s'enquit son interlocutrice avec bonne humeur.

— Pas du tout, répondit-il en lui prenant le bras. Elle nous fait au contraire une excellente publicité !

Ils déambulèrent un moment dans la salle. Puis Vivienne déclara d'un ton désinvolte :

— Vous avez besoin d'Abdul au casino à cette heure-ci, je le sais ; mais peut-être pourriez-vous vous passer temporairement de ses services pour lui permettre de me raccompagner ?

Trent s'immobilisa et la parcourut du regard.

— Ne vous êtes-vous pas remise de l'incident ? Votre jambe vous fait-elle souffrir ?

— Non, non, n'ayez crainte, nia-t-elle avec le sourire. Mais il y a trop de monde et je suis un peu lasse.

Son imagination lui jouait-elle des tours ou bien Trent l'examinait-il réellement avec minutie ? l'Anglaise crut s'être trahie. Mais il prononça enfin :

— Abdul était là il y a un instant. Je vais à sa recherche.

Elle n'avait pas eu le temps de rassembler ses esprits que déjà Trent revenait en compagnie du domestique.

— Je lui ai expliqué que vous vouliez rentrer directement à la maison.

Elle le remercia, lui souhaita une bonne nuit. Tandis qu'elle traversait la salle, elle sentit le regard de son hôte la transpercer.

7

Robert fit une rechute le lendemain. Vivienne était dans la piscine avec lui quand soudain il ferma les yeux et coula à pic. Haroun plongea aussitôt et le ramena au bord. La jeune fille faillit éclater en sanglots mais déploya un effort pour se ressaisir quand elle aperçut le visage livide de Trent. Elle aida le domestique à enrouler le jeune invalide dans sa sortie de bain tandis que son hôte téléphonait à l'hôpital.

Un silence profond tomba sur la villa. Les domestiques marchaient à pas feutrés ; même Maurice, le cuisinier, ne chantait plus d'airs d'opéra devant ses fourneaux.

Les médecins partirent enfin et elle monta au dernier étage de l'aile gauche. Robert était assis dans son lit. Malgré son teint cireux, il souriait. Son frère semblait plus détendu et proposa qu'ils dînent ensemble dans la chambre du malade. Ce soir-là, l'Anglaise eut toutes les peines du monde à s'endormir...

Le lendemain, comme il faisait un temps superbe, Robert sortit prendre son petit déjeuner comme à l'accoutumée sur la terrasse. Puis sa compagne l'emmena en promenade dans le parc et durant l'après-midi, ils entreprirent une partie de croquet. Contrairement à son habitude, Trent délaissa ses documents pour se joindre à eux. Sous son regard critique, leur invitée joua moins bien ; mais elle s'en moquait, tant Robert était ravi de se mesurer à son aîné.

Ils s'installèrent ensuite tous trois à l'ombre d'un boqueteau d'oliviers pour prendre une boisson.

Avant de s'allonger sur sa chaise longue, Vivienne s'empressa de tamponner le front moite de Robert à l'aide d'un mouchoir car il semblait épuisé. Aussi fut-elle prise au dépourvu lorsque le jeune homme lui encercla la taille et l'attira vers lui.

— Vous êtes toute fraîche, vous sentez bon la fleur des bois, prononça-t-il avec le sourire.

Il observa le ciel comme s'il y cherchait l'inspiration puis regardant Vivienne dans les yeux :

— *Je ne vois ni les fleurs à mes pieds ni sur les rameaux les corolles parfumées...*

Elle était toujours embarrassée quand il lui citait des vers. Combien elle aurait souhaité posséder cette même sensibilité afin d'y répondre ! Mais elle n'était pas Lucy, et son compagnon — elle le devinait — était déçu qu'elle ne sache pas lui donner la réplique. Elle se sentait doublement gênée ce jour-là, étant donné la présence de Trent à leurs côtés.

Pour distraire l'attention du malade, elle lui déposa un léger baiser sur le front puis se leva en annonçant :

— Il est grand temps que je vous coupe les cheveux !

— A ton avis, fit Robert en se tournant vers son aîné, les femmes seraient-elles en train de changer ? Il n'y a pas si longtemps, elles se pâmaient aux doux accents d'une guitare ou d'une poésie chuchotée à leur oreille. Et de nos jours ? Je murmure des vers magnifiques à ma douce amie et elle me rétorque que j'ai besoin d'une coupe de cheveux !

L'intéressée scruta avec attention le fond de son verre. Elle entendit Trent répliquer d'un ton nonchalant :

— Sans doute n'est-elle pas sensible à cet art...

La jeune fille leva les yeux vers Trent. Hasardait-il une hypothèse ou était-il au courant de l'imposture ?

— Tu te trompes, riposta son cadet. Vivienne a l'âme d'un poète. Quand nous nous écrivions, chacune de nos lettres se terminait par quelques vers.

Feignant une attitude désinvolte, l'intéressée se hâta d'intervenir :

— Les femmes ne veulent pas vivre dans le passé. Citer des vers dans une lettre : soit ! Mais quand on se retrouve en tête-à-tête avec l'être cher, ajouta-t-elle en adressant un sourire à Robert, on n'a pas besoin de Keats, de Browning ou de quelque autre artiste célèbre pour savoir comment se comporter !

Robert lui prit le poignet et l'attira vers lui ; puis se retournant vers son aîné :

— Est-ce l'air de Tanger, crois-tu, qui la rend si prosaïque ?

— J'en ai bien peur, répondit son interlocuteur.

Sur ce, l'Anglaise croisa le regard de son hôte. Elle s'était bien défendue mais ignorait ce que pensait réellement le maître de maison...

Même si Robert n'avait pas recouvré sa vitalité, les journées se déroulaient dans l'insouciance. Vivienne passait tout son temps en sa compagnie ; elle le laissait uniquement le soir, quand il désirait se reposer. Dans l'intimité de sa chambre, la jeune fille rédigeait de longues missives à Lucy. Elle était bouleversée d'avoir à lui décrire l'état de santé déclinant du malade ; mais puisque son amie tenait à être au courant de la vérité, elle n'omettait aucun détail.

Les nuits tièdes embaumaient le santal. Elle ouvrait la porte de son balcon pour entendre la rumeur de la ville. Trent, finalement, ne lui avait pas interdit de retourner au casino mais en réalité, elle se plaisait à Koudia. Après le dîner, elle montait chez le jeune invalide pour s'assurer qu'il ne manquait de rien puis avertissait Abdul qu'elle n'avait pas besoin de ses services. Ses soirées solitaires dans la vaste et somptueuse villa lui suffisaient.

Un soir, elle lisait chez elle lorsqu'un bruit attira son attention. Elle crut que le vent s'était levé et que les loqueteaux battaient contre les carreaux ; mais sur le balcon, tout était calme. Elle venait à peine de se rasseoir quand le tambourinement se fit de nouveau entendre. La jeune fille posa son livre, sortit et observa le jardin plongé dans l'obscurité. Soudain, son cœur se mit à battre la chamade ; elle avait aperçu une silhouette.

— N'ayez pas peur ! C'est moi... Gary ! chuchota une voix.

Gary... à Koudia. Vivienne poussa une exclamation horrifiée et courant à l'escalier extérieur, le descendit à la hâte.

— Je me demandais si vous aviez perçu le bruit des cailloux sur la vitre, fit Gary en se portant à sa rencontre. J'ai deviné que c'était votre chambre car c'est la seule pièce éclairée sur la façade.

Affolée, elle regarda vivement autour d'elle.

— Il ne fallait pas venir ici !

— La maison est déserte... tout est calme, déclara-t-il en cherchant à la prendre dans ses bras.

— Vous oubliez les domestiques !

La demeure regorgeait d'objets précieux et Trent engageait des gardiens pour surveiller la propriété. Et si l'un d'eux survenait tout à coup ? L'Anglaise, nerveuse, se creusa la tête pour trouver une solution. Le *minzah !* Personne ne les surprendrait là-bas.

— Venez ! ordonna-t-elle en lui saisissant le poignet.

Gary suivit Vivienne avec une lenteur exaspérante. Lorsqu'ils franchirent la porte du *minzah*, les pigeons s'envolèrent dans un battement d'ailes bruyant ; tout ce vacarme attirerait les gardiens, songea-t-elle atterrée. Elle tendait l'oreille quand Gary l'enlaça et l'embrassa de force. Elle était si agitée qu'elle tenta d'abord de le repousser ; mais comme il insistait, elle finit par céder et dut déployer un effort pour concentrer son attention sur ce baiser. Elle demeurait néanmoins attentive au moindre son et commença même à avoir la nuque endolorie. Jamais elle n'aurait supposé qu'une étreinte de Gary pût l'incommoder à ce point ! En fait, elle avait l'impression qu'il voulait exercer sur elle son autorité ; à cette pensée, furieuse, elle s'écarta de lui. Il ne semblait pas avoir remarqué l'énervement de sa compagne et murmura :

— Je suis venu à plusieurs reprises cet après-midi. Quand j'ai compris la disposition des lieux, je n'ai pas eu de mal à vous retrouver.

— Vous ne devriez pas vous promener ici en plein jour ! riposta-t-elle d'un ton brusque. C'est très risqué !

— Personne ne m'a remarqué, n'ayez crainte, affirma-t-il. A propos, je ne suis pas fâché que vous n'alliez plus en ville ; je préfère vous rencontrer ici plutôt qu'au casino.

— Mais est-ce prudent ? A mon avis, nous devrions encore attendre quelques jours. Nous trouverons une meilleure solution, j'en suis certaine.

— Nous verrons.

Il chercha ses lèvres et elle se sentit tenue de se soumettre à ses exigences. Mais soudain, il la relâcha et se mit à arpenter la pièce.

— Je ferais mieux de partir. Votre absence risque d'être découverte à la villa et moi, je tiens à être vu au *Café Anglais*.

Vivienne ne comprit pas le sens de cette dernière remarque mais elle était trop inquiète pour y prêter attention. Ils sortirent du *minzah*. Gary la prit dans ses bras et déposa un baiser sur ses lèvres.

— Courage, ma chérie. Tout ira bien.

Sur ces paroles, il disparut. Vivienne se hâta de retourner vers la villa. Tout à coup, elle sentit son sang se glacer dans ses veines, des jappements excités déchiraient le silence. C'était un chien, enchaîné à un arbre. Elle retint son souffle, s'attendant au pire ; mais la bête, ayant reconnu la jeune fille, poussa un gémissement affectueux et se tut. Elle franchit alors au pas de course la distance qui la séparait de la maison. Elle contournait la demeure pour emprunter l'escalier extérieur quand soudain toutes les arcades du rez-de-chaussée s'illuminèrent et Momeen apparut.

— Mademoiselle ! lança-t-il, inquiet. J'ai entendu des bruits ! Où sont ces fainéants de gardiens ?

— J'ai cru moi aussi percevoir quelque chose, déclara l'Anglaise, pour lui laisser croire qu'elle venait tout juste de sortir. Ce sont sans doute des enfants de la ville en train de jouer près des grilles. Tout est calme, maintenant. Bonne nuit, Momeen.

Elle pénétra dans la maison d'un air détaché et monta le grand escalier au lieu de grimper celui du balcon tandis que le domestique disparaissait vers les communs.

Elle ne ferma pas l'œil de la nuit. Le lendemain, elle fut au supplice, persuadée qu'à tout moment Momeen raconterait les incidents de la soirée précédente. Elle n'arriva même à se détendre ni dans la piscine ni pendant la partie de croquet car chaque fois qu'elle levait les yeux, elle craignait de voir surgir Gary. Elle riait aux éclats, se dépensait physiquement, mais elle était livide, tendue. Trent l'observait étroitement et elle souhaita qu'il mît sa nervosité sur le compte de l'état de santé de Robert. Et lorsque le jeune invalide manifesta le désir de se coucher sans dîner, ce fut pour Vivienne une catastrophe tant elle appréhendait ce repas en tête-à-tête avec son hôte.

Ils venaient à peine de terminer leur entrée que Trent prononça :

— Vous semblez à bout de nerfs. Etes-vous malade ?

L'angoisse lui étreignit le cœur mais elle s'efforça de répliquer avec le sourire :

— Je me porte très bien. Je suis un peu lasse, peut-être.

— Si Robert abuse de vos forces, il faut le lui dire. Il est plein d'énergie dans la piscine et a tendance à oublier qu'une femme peut être moins résistante.

Elle ne sut que répondre mais de peur qu'il lui pose davantage de questions, elle déclara vivement :

— J'ai l'impression que votre frère aurait besoin de... de se distraite. Il dispose d'une piscine magnifique, d'un superbe jeu de croquet... Mais n'est-ce pas un peu limité pour un jeune homme ?

— J'ai essayé de l'encourager à inviter des amis de son âge à Koudia...

— Oh, je ne songeais pas à des *gens !* s'exclama son interlocutrice. Mais plutôt... à un changement d'air. S'il a la force de supporter le voyage, bien sûr !

Il avait l'air pensif.

— Chaque semaine, Robert se rend à l'hôpital, fit-il remarquer ; quelques kilomètres ne peuvent le fatiguer. D'un autre côté, il n'a pas exprimé le désir de se rendre ailleurs.

— Robert n'a jamais mis les pieds sur une île ! Après tout, ce n'est pas une entreprise insurmontable. Des vacances lui seraient très profitables, j'en suis sûre !

Le maître de maison l'observait avec curiosité. Elle mettait trop d'ardeur à essayer d'obtenir son consentement, se rendit-elle compte. Sans quitter du regard les joues en feu de son invitée, ses yeux fiévreux, il signifia :

— Je songe à l'île de Tahad, située au-delà de la baie de Tanger. C'est un domaine privé mais je connais le propriétaire. Je pourrais le persuader, j'en suis convaincu, de me louer sa résidence d'été.

— C'est idéal ! s'écria Vivienne. Robert sera enchanté !

— Oui, il le sera sûrement si c'est vous qui le lui proposez, répliqua-t-il d'un ton sec.

— Votre ami, le propriétaire de l'île... le verrez-vous bientôt ? s'enquit-elle en essayant de masquer son impatience.

— Ce soir, je crois. C'est un client du casino.

— Cela signifie-t-il que nous pourrions partir bientôt ? demanda-t-elle en retenant son souffle.

Trent continuait de fixer son invitée.

— Quand aimeriez-vous vous en aller ?

— Demain ! répondit-elle aussitôt, se moquant maintenant éperdument de la réaction de son hôte. Nous pourrions en parler à Robert au petit déjeuner et s'il est d'accord — oh, l'idée lui plaira, j'en suis sûre ! — nous nous mettrions en route après le repas. Est-ce réalisable ?

— Oui, je le pense, concéda-t-il, laconiquement.

— Dans ce cas, je monte dans ma chambre dès le dîner terminé pour boucler ma valise ! lança-t-elle avec un sourire radieux.

L'invalide fut enthousiasmé quand sa compagne lui annonça la nouvelle le lendemain matin. En début d'après-midi, après avoir contourné la baie jusqu'à la pointe où les attendait une embarcation, ils débarquaient tous trois sur l'île de Tahad. Même s'ils apercevaient au loin les hauts immeubles blancs de Tanger, ils avaient l'impression de se retrouver dans un autre monde, sur leur îlot entouré d'une mer turquoise et bordé de pins parasols...

Dans la maison, les domestiques s'activaient ; ils avaient accepté avec bonhomie la lubie de l'Anglaise qui avait décidé tout à coup de quitter Koudia pour s'installer temporairement dans cet endroit perdu au beau milieu de l'océan.

La résidence ne possédait pas la magnificence de Koudia mais ses vastes pièces succintement meublées, ses grandes fenêtres plaisaient à Vivienne. Sur le sol, le carrelage clair était jonché de peaux de bêtes ; armoires en bois de rose, canapés de cuir, fauteuils tapissés de cretonnes composaient l'ameublement. Il y avait plusieurs chambres, une grande salle de séjour et une terrasse vitrée aménagée pour les repas.

Les fauteuils d'infirmes, devaient-ils se rendre compte bien vite, n'avaient pas été conçus pour rouler sur le sable ; aussi fallut-il inventer un moyen de transporter Robert depuis la maison jusqu'à la plage.

Haroun partit aussitôt à la recherche de fougères robustes tandis que Trent traçait une promenade en bordure des plots. L'Anglaise l'aida à choisir le trajet le plus pittoresque et ensuite à disposer les fougères sur le sol. C'était un projet ambitieux et une fois terminé, la jeune fille se sentit épuisée. Le malade, quant à lui, débordait d'entrain depuis son arrivée ; désireux de parcourir ce sentier créé à son intention, il pria Haroun de l'emmener faire le grand tour. Après leur départ, Trent vint s'asseoir aux côtés de son invitée sur le rivage. La jeune fille contemplait la mer, affichant une expression de bonheur.

— Robert a eu son île ; êtes-vous plus heureuse ?

Elle songea à Koudia, désertée ; on n'y avait laissé que les gardiens pour surveiller la propriété... Oui, elle était heureuse, acquiesça-t-elle d'un signe de tête. Après un moment, son interlocuteur ajouta :

— Vous trouverez un paquet dans votre chambre. Comme nous sommes en vacances, j'ai cru que vous auriez besoin de vêtements pour la plage.

Vivienne tourna la tête et lui adressa un sourire.

— Un cadeau ? Pour moi ?

— Ne m'aviez-vous pas menacé de vous promener en haillons puisque vous ne possédiez qu'un seul maillot ?

Vivienne se rappela la discussion avec son hôte au sujet de son bikini. Comme cet épisode semblait loin ! Ils ne s'étaient pas disputés depuis un bon moment d'ailleurs. Elle baissa les paupières et murmura :

— Je vous remercie.

Sur ces entrefaites, Robert rentrait de sa promenade :

— Venez voir les oiseaux dans le bois derrière les rochers ! On dirait la volière d'un jardin zoologique ! Je présume que le roi des étourdis a oublié d'emporter ses jumelles !

— Je les ai, le rassura l'intéressé en se levant. Elles sont dans la maison.

L'Anglaise partit observer les oiseaux en compagnie du malade. Elle ne retourna donc dans sa chambre qu'au crépuscule. Lorsqu'elle ouvrit son paquet, elle y trouva deux superbes maillots aux motifs exotiques, un deux-pièces rayé pour la plage et deux cafetans courts brodés. Chacune de ces tenues était ravissante et lui seyait à merveille. Quand elle les eut repliées et posées sur son lit, elle sentit tout à coup ses yeux se mouiller de larmes. Comme elle était stupide de pleurer ainsi! s'admonesta-t-elle.

Ils dînèrent sur la terrasse. Les portes vitrées étaient grandes ouvertes : les genévriers, les tamaris et les pins mêlaient leurs parfums à celui de la mer. Le jeune Colby ne s'était pas couché afin de manger en compagnie de Trent et leur invitée. Ses yeux bleus — si semblables à ceux de son aîné — brillaient de joie. Il était en verve ce soir-là et tandis qu'il décrivait à son frère les oiseaux aperçus durant l'après-midi, Vivienne l'observait; ces vacances improvisées représentaient pour le jeune invalide une source de bonheur.

Il était neuf heures quand Haroun vint chercher son maître pour le conduire dans ses appartements. Vivienne alla s'asseoir sur un canapé et feuilleta un magazine. Son hôte, quant à lui, installé dans un fauteuil, se plongea dans la lecture d'un roman. Il ne s'était pas encore changé pour le casino ; l'île n'était en réalité qu'à quinze minutes de Tanger.

Vers dix heures, il referma son livre.

— Je soupçonne mon ami Tom Harris de ne posséder que des romans policiers dans sa bibliothèque. J'aurais bien envie de lire un bon ouvrage, fit-il en jetant un coup d'œil sur les étagères.

— N'allez-vous pas au *Café Anglais?* s'enquit-elle.

— J'ai chargé Raymond de s'occuper des tables de jeu et c'est Abdul qui me remplacera tous les soirs.

Vivienne parcourut machinalement les photos et les articles sans les voir. La maison était plongée dans le silence. On entendait uniquement le gémissement sourd de la brise marine. Trent aurait pu lui offrir une cigarette au lieu de la regarder sans mot dire, songea la jeune fille, mal à l'aise, en tournant nerveusement les pages de son journal.

— Que penseriez-vous d'une promenade sur la plage ? proposa-t-il enfin.

— Excellente idée ! approuva-t-elle gaiement.

Ils s'engagèrent sur le sentier qu'éclairait d'une lueur diffuse les étoiles. Ils marchèrent ensuite sur le rivage là où les vagues abandonnaient leur dentelle d'écume. Ils avançaient sans prononcer une parole ; le sable crissait sous leurs pieds, le vent lançait sa plainte dans la nuit. Puis, revenus à leur point de départ, ils se souhaitèrent une bonne nuit et se dirigèrent vers leurs chambres respectives.

Les jours suivants se déroulèrent dans une atmosphère de vacances. Ils louèrent un petit bateau afin de faire le tour de l'île et Trent transporta son frère sur son dos pour le déposer dans l'embarcation parmi les rires et les plaisanteries. Ils se baignèrent également dans la piscine d'eau de mer, située tout près de la maison, entourée de palmiers et d'une végétation luxuriante.

Allongée sur le sable aux côtés de Robert, Vivienne s'efforçait de ne pas le regarder car il dépérissait à vue d'œil ; et si par hasard elle posait les yeux sur lui, elle songeait, la gorge nouée, qu'au moins il profitait au maximum des quelques semaines qu'il lui restait à vivre.

Comme ils passaient leurs journées dehors, ils devinrent tous trois très hâlés. Trent, surtout, avait une mine superbe ; ses dents paraissaient plus blanches encore dans son visage bronzé. En compagnie de son frère, il allait pêcher au large de l'île.

L'Anglaise se surprit à souhaiter que le temps suspende sa fuite. Si seulement ils pouvaient tous les trois continuer de vivre ainsi sans intervention extérieure ! Un soir, la nature était si belle que la jeune fille sentit le besoin de s'épancher. Elle fit part à Trent de ses réflexions. Il était très tard ; ils se tenaient sur le perron et regardaient la mer qu'illuminait le clair de lune.

— Est-ce possible qu'une telle félicité se termine un jour ?

C'était possible, en effet, et ils le savaient. Pourquoi alors y attachait-elle ce soir-là une si grande importance ? Sans doute étaient-ce l'angoisse et la frustration qui la poussèrent à se tourner vers son compagnon et à lui déclarer du fond du cœur :

— Oh, Trent, comme je voudrais être capable de faire quelque chose !

Il l'observa longuement, puis :

— Vous êtes une femme étrange... Les trois quarts du temps, vous êtes aux petits soins à l'égard de Robert, telle une sœur affectueuse ; mais là, à vous voir, on dirait presque que vous ne vivez que pour lui.

Elle baissa vivement les paupières et afin de changer de sujet, déclara avec un geste d'impuissance :

— Robert est si merveilleux, si sensible... Il ne mérite pas de cesser d'exister !

— Heureusement qu'il n'est pas là pour vous entendre ! rétorqua-t-il, affichant une expression sinistre.

— Les hommes cachent toujours leurs sentiments ! lança-t-elle, impatiente. Nous, les femmes, nous ne sommes pas faites ainsi. Cela soulage parfois de crier !

— Pleurez, si vous en avez envie, mais mon frère ne guérira pas pour autant !

Il avait parlé avec une telle tristesse que Vivienne se trouva odieuse ; son compagnon était déchiré lui aussi par le chagrin. Elle se laissa aller contre lui et éclata en sanglots.

— Oh, Trent ! Je voudrais tant que Robert soit heureux ! Depuis notre arrivée sur l'île, j'ai l'impression de réaliser un rêve merveilleux. Oh, comme j'aimerais que cette existence continue éternellement !

— Qui sait ? répliqua-t-il avec douceur.

Il lui caressa les cheveux, puis, le sourire aux lèvres :

— Vous vouliez vous rendre en bateau au lagon *des cyprès*. Eh bien, je me suis renseigné : il n'y a aucun danger. On y trouve entre autres poissons, du maquereau et du rouget mais il faudra se lever à l'aube.

Sur ce, il l'accompagna à l'intérieur.

— Robert sera content, observa-t-elle d'une voix ensommeillée en le quittant pour gagner sa chambre.

Les jours passaient, tous plus agréables les uns que les autres. Mais Vivienne et Trent savaient que ce bien-être ne durerait pas. Or, ils étaient loin de se douter de la nature de l'événement qui mettrait un terme brutal à cette vie idyllique.

Par un bel après-midi, après avoir observé les oiseaux dans le bois, Vivienne et Robert s'étaient installés sur le sentier dominant la plage où ils s'étaient déjà rendus à plusieurs reprises pour contempler les flots et écouter le fracas des vagues sur les écueils. D'habitude, la jeune fille se juchait sur un rocher à côté du malade. Ce jour-là, elle avait choisi de s'asseoir sur la petite avancée à ses pieds.

— Jamais je n'aurais cru voir cette mer à perte de vue, fit-il en fixant la ligne d'horizon. Combien nous sommes insignifiants face à cette immensité ! Vous m'avez trouvé une île, Vivienne, prononça-t-il avec émotion. Je vous en serai toujours reconnaissant !

Toujours. Que signifiait ce terme au juste pour Robert ? Une semaine ? Deux semaines ? Elle déploya un effort surhumain afin de refouler ses larmes et déclara gaiement :

— C'est votre frère qui a harcelé le propriétaire pour obtenir cette retraite ! Ne l'oubliez pas.

— Vous vous entendez mieux, ces jours-ci, vous deux, intervint-il pensivement.

— Nous avons toujours été amis, mentit-elle.

L'invalide tourna vers son interlocutrice un regard attendri.

— Oh, Vivienne, comment pourrais-je vivre sans vous !

De peur qu'il ne se laisse entraîner par son émotivité, elle annonça aussitôt d'un ton désinvolte :

— Eh bien, durant la prochaine demi-heure, vous devrez vous passer de moi. Maurice m'a promis de me donner la recette de son fameux soufflé aux pommes. A propos, ajouta-t-elle en voyant le soleil baisser à l'horizon, il est temps de rentrer si nous voulons prendre le raccourci à travers le bois avant la pénombre.

Quand l'Anglaise voulut se relever, toutefois, le désastre se produisit. La semelle de sa sandale glissa sur la roche lisse. Robert lui tendit-il la main pour l'aider ? Ou bien fut-ce la jeune fille qui s'agrippa au bras du fauteuil roulant ? Toujours est-il qu'elle retomba brutalement sur le sol et que le siège alla s'écraser sur les rochers un peu plus bas.

Ce n'était qu'une chute d'un mètre mais quand elle aperçut le malade recroquevillé sur les pierres, elle faillit s'évanouir de peur. Ses cris affolés attirèrent bientôt toute la maisonnée.

Lorsque Trent, Haroun et les autres domestiques arrivèrent, Robert avait réussi à s'asseoir.

— Ne prenez pas cette mine inquiète ! Je me porte très bien ! lança-t-il avec un sourire.

Mais son bras était bizarrement tordu et son visage cendreux.

L'aîné des Colby fit chercher un médecin à Tanger et pendant un bon moment, la plus grande confusion régna dans la maison. La nuit était tombée depuis longtemps quand le calme revint. Trent raccompagna ensuite le docteur au bateau. Vivienne l'attendait à l'endroit où ils s'étaient tenus souvent pour observer la mer miroiter au clair de lune.

— Robert s'est cassé le poignet, annonça-t-il, et

souffre de quelques ecchymoses. On lui a donné un somnifère ; il dormira jusqu'au matin.

— C'est ma faute, murmura-t-elle en levant sur Trent un regard mouillé de larmes.

Ce dernier semblait épuisé mais il prononça d'une voix douce :

— Mon frère m'a raconté. Vous avez glissé et il a essayé de vous rattraper. Il ne faut pas vous sentir responsable.

— Mais je le suis ! J'ai bêtement choisi pour m'asseoir un endroit dangereux. Et je n'ai même pas eu le bon sens de me rendre compte que le fauteuil était trop près du bord ! Il a fallu de surcroît que Robert s'écrase sur les rochers ! cria-t-elle en se tordant les mains. Pourquoi cet accident ne m'est-il pas arrivé à moi ?

— Vous vous en seriez très mal tirée, répliqua-t-il d'un ton sec. Robert était joueur de rugby, ne l'oubliez pas. On lui a appris à tomber. Allons, remettez-vous, continua-t-il d'une voix adoucie en lui prenant le bras.

— Serons-nous obligés de partir ?

— J'en ai bien peur. Mon frère doit se rendre à l'hôpital où on lui réduira sa fracture. Etant donné son état, il ne serait pas prudent de rester ici. Mais je ne vois pas pourquoi la vie serait moins gaie à la villa... et vous ?

Il la surveillait étroitement.

— Non... bien sûr que non.

Elle rentra dans la maison pour préparer ses valises ; son cœur battait jusque dans sa gorge. Elle ne pouvait avouer à Trent pourquoi elle avait si peur de retourner à Koudia.

8

Robert souffrait beaucoup et durant les quelques jours qui suivirent leur retour à Koudia, il dut garder la chambre.

Malgré son sourire, il semblait exténué. Assise à l'ombre des grands arbres près de la piscine, l'Anglaise lui lisait ses poètes favoris mais elle était désolée de ne pouvoir y mettre le ton. Le malade, à son tour, lui récitait des poésies et elle était toujours émue par la sensibilité, la chaleur de sa voix.

Comme il se retirait très tôt dans ses appartements elle disposait de longues heures de loisirs. Dès que Trent partait pour le *Café Anglais,* elle se réfugiait dans la bibliothèque ou écoutait des disques. En fait, elle attendait d'être épuisée pour monter chez elle. Un soir, elle était sur le point de se préparer un bain tiède avant de se glisser entre ses draps quand elle aperçut soudain une silhouette sur le balcon ; son pouls s'accéléra. Gary pénétra dans sa chambre par la porte-fenêtre et un sourire hargneux aux lèvres, jeta un coup d'œil sur l'ameublement luxueux.

— Cela rapporte de jouer la fiancée du frère d'un riche propriétaire de casino !

Vivienne courut vers lui. Elle était livide.

— Vous n'auriez jamais dû venir ici ! s'écria-t-elle, affolée.

— C'est au contraire un endroit idéal pour bavarder,

répliqua-t-il en tournant la tête vers le lit tendu de damas qu'éclairait une lumière discrète. Douillet, confortable...

— Allons au *minzah,* proposa-t-elle d'un ton cajoleur. Nous serons en sécurité là-bas.

Il finit par la suivre dans l'escalier mais avec une expression si bizarre, si entêtée que la jeune fille eut les nerfs à vif. Quand ils pénétrèrent enfin dans le pavillon, elle était lasse, anxieuse. Gary l'attira aussitôt vers lui.

— Vous ne m'aviez pas annoncé votre départ ! Vous avez sans doute bien ri à m'imaginer arrivant à Koudia et trouvant les volets clos !

— Je n'en ai pas eu l'occasion car la décision a été prise au pied levé.

Il ébaucha un sourire cruel puis desserra son étreinte et prononça d'une voix radoucie :

— Peu importe puisque vous êtes là. Vous ai-je manqué ? ajouta-t-il en effleurant sa gorge de ses lèvres.

— Eh bien... je n'ai pas eu le temps de réfléchir, répondit-elle en s'écartant de lui. Robert a eu un accident.

— Comment ? Il s'en est remis, j'espère !

Avait-elle perçu une certaine âpreté dans l'intonation de son compagnon ?

— Il s'est cassé le poignet mais étant donné son état de santé, il est très perturbé.

— C'est normal, déclara-t-il avant d'ajouter : assez discuté du jeune Colby et rattrapons le temps perdu.

Il l'embrassa à pleine bouche avec une espèce de satisfaction brutale ; puis relevant la tête, il marmonna :

— Pourquoi avez-vous insisté pour quitter votre chambre ? Nous aurions pu y passer une nuit délicieuse !

— Vraiment, Gary ! jeta Vivienne d'une voix tremblante. Comment osez-vous dire une chose pareille alors qu'il y a un jeune invalide dans la maison !

— Vous étiez farouche à l'époque, répliqua-t-il avec un sourire sensuel. Mais vous avez vieilli depuis !

Tout en discutant, il lui caressait la joue. Envahie d'un sentiment de répulsion, elle le repoussa.

— Je n'ai pas changé, figurez-vous ! Et maintenant je vous conseille de déguerpir !

Une lueur méchante traversa le regard de Gary.

— Tiens, tiens, notre petite Vivienne si passionnée semble s'être refroidie, murmura-t-il. C'est vous pourtant qui avez ratissé Tanger pour me retrouver ! Et vous voudriez oublier nos rendez-vous clandestins et notre — comment dire ? — notre idylle d'autrefois ? J'aimerais bien savoir pourquoi ?

Elle se posait justement la même question depuis quelques jours.

— Parlons de vous à présent ! rétorqua-t-elle. Ce fameux soir où je vous ai revu au casino, vous ne paraissiez pas pressé de quitter la table de jeu !

— Vous ne supposez tout de même pas que je vous ai fait la cour uniquement pour vos beaux yeux !

— Il serait préférable de vous expliquer, je crois, déclara-t-elle d'un ton calme alors qu'une peur horrible lui étreignait le cœur.

— Volontiers, énonça-t-il, le regard durci. Je n'ai pas les moyens de mener une existence de grand seigneur. Il y a à Tanger des centaines de personnes comme moi. Nous subsistons tant bien que mal, nous trouvons un petit emploi par-ci par-là en attendant la chance inespérée qui nous apportera la fortune. Eh bien, moi, je l'ai enfin rencontrée !

— Je ne comprends pas où vous voulez en venir dit-elle d'une voix blanche. Mais je ne veux pas en écouter davantage. Je vous prie de partir.

— C'est entendu, fit-il avec un haussement d'épaules en se dirigeant vers la porte. Cependant, je tiens à vous avertir que votre précieux malade risque d'être troublé dans son sommeil. Car j'ai conçu un plan, voyez-vous. Colby a beaucoup d'argent et moi je suis sans le sou. Il ne voudrait pas que son jeune frère infirme soit au courant de la supercherie ; donc, en échange, nous allons le délester d'une partie de sa fortune.

Le sang de Vivienne se glaça dans ses veines.

— Qu'est-ce qui vous fait supposer que je vais être complice d'une action aussi malhonnête ?

— Je suis prêt à aller trouver Robert et à lui expliquer que vous avez pris la place de cette Lucy.

— Non ! suffoqua-t-elle en s'appuyant au mur de peur de défaillir. Vous le tueriez !

— J'en suis conscient, mon amour. C'est pourquoi je suis persuadé que vous m'obéirez. Ecoutez-moi attentivement, poursuvit Gary d'un ton dur. On vous connaît bien au casino ; de plus, vous êtes au courant des habitudes de Colby. Je l'ai surveillé, d'ailleurs. Il quitte son bureau vers minuit pour circuler dans la salle de jeu. Donc, demain soir, nous imaginerons un prétexte pour nous rendre chez lui *après* minuit. Ainsi nous ne serons pas dérangés tandis que nous nous emparerons de la recette du casino.

— C'est de la folie ! souffla-t-elle, horrifiée. De plus, l'argent est dans un coffre-fort et seul Trent en possède les clefs ; il verrouille d'ailleurs sa porte après être sorti.

— Ce sera alors à vous de jouer, ma chérie. Vous savez sûrement où se situe sa chambre !

— Me croyez-vous réellement capable de subtiliser les clefs du coffre ? s'enquit-elle, livide.

— Je ne crois pas, je *sais,* ma chérie. Vous êtes trop attachée à Robert pour accepter de le voir souffrir. Donc, rendez-vous demain soir au casino à onze heures et demie. Un dernier conseil ; n'essayez pas de vous dérober, sinon l'invalide en subira les conséquences. A bientôt, ma douce. Faites de jolis rêves !

Et sur ces paroles, il disparut.

Une fois chez elle, malade de peur et de dégoût, la jeune fille s'adossa à la porte, à bout de forces. Vivait-elle un cauchemar ? N'allait-elle pas se réveiller d'un instant à l'autre et pousser un soupir de soulagement ?

Elle se dirigea vers une chaise d'un pas chancelant et s'y laissa tomber. Gary, l'homme dont elle avait cru être amoureuse — oh, certes, elle voyait clair maintenant ! — Gary s'adonnait à de pareilles bassesses ! Dès qu'ils s'étaient revus au casino, elle avait perçu un changement en lui, même si elle avait refusé de l'admettre. Il avait toujours mené une existence quelque peu déréglée mais à l'heure actuelle, il était totalement corrompu. Malgré son pressentiment, elle s'était accrochée à ce beau rêve, le rêve de ses dix-neuf ans... elle avait refusé de voir la vérité en face et d'accepter que son grand amour ne fût en réalité qu'une aventure sans lendemain.

Affolée, elle se leva et se mit à faire les cent pas dans la pièce. Elle avait eu confiance en Gary, elle lui avait avoué la raison de sa présence à Koudia et voilà qu'il la menaçait de tout dévoiler au malade. *Oserait-il aller jusque-là ?* se demanda-t-elle. Elle porta ses mains à sa bouche en imaginant la scène. Oui il aurait cette audace car il pouvait se montrer impitoyable.

L'Anglaise songea à l'invalide. Il l'aimait, il était persuadé qu'elle était l'auteur des lettres. Quelle serait sa réaction en apprenant qu'elle lui avait menti ? Il serait anéanti.

La jeune fille était blafarde. Quand elle se rassit, elle avait pris sa décision. Jamais Robert ne devrait connaître la vérité.

Elle passa une nuit blanche. Au matin, elle s'habilla d'une main tremblante et descendit à la terrasse. On était jeudi, le jour où le jeune Colby, fort heureusement, se rendait à l'hôpital.

Si la jeune fille réussit à conserver un sourire de commande durant tout le petit déjeuner, c'est que le projet de Gary lui semblait tout à coup trop saugrenu pour être réalisable. Un peu plus tard néanmoins, elle se dirigeait vers la piscine quand elle eut soudain pleinement conscience de ce qu'il attendait d'elle.

Trent eut alors tout juste le temps de lui prendre le bras pour lui éviter de tomber.

— Que se passe-t-il ? s'enquit-il en scrutant le visage de son invitée. Vous n'avez pas prononcé deux mots pendant le repas.

— C'est la chaleur sans doute, dit-elle d'une voix fêlée. Je vais m'allonger ; dans quelques instants, il n'y paraîtra plus.

Son hôte installa une chaise longue sous le parasol. Vivienne s'y laissa tomber, exténuée.

— Vous sentez-vous mieux ?

Elle hocha la tête. Elle aurait donné beaucoup à ce moment précis pour sentir sur sa peau la main de Trent. Elle se rappela le soir où il s'était agenouillé à ses pieds pour appliquer une pommade sur sa jambe blessée... cet autre soir, à l'île de Tahad, où il l'avait prise dans ses bras et lui avait caressé les cheveux. En fait, elle avait toujours éprouvé une sorte de béatitude en sa présence. Si elle avait organisé ces vacances sur l'île, c'était en partie pour le voir davantage... elle en était consciente maintenant. Il avait fallu que ce bien-être soit menacé pour qu'elle découvre enfin la vérité. Son idylle d'adolescente venait d'être irrémédiablement balayée par un sentiment que jusque-là elle avait refusé de s'avouer. Car elle savait désormais que jamais un autre que Trent n'aurait d'importance dans sa vie. Son penchant pour Gary n'était rien en comparaison de l'amour infini qu'elle vouait à cet homme.

Toute à ses réflexions, Vivienne n'avait cessé de soutenir le regard bleu de Trent. Quand elle s'en aperçut, elle eut soudain une envie irrésistible de tout lui révéler dans les moindres détails. Il attendait qu'elle parle... elle le sentait. L'espace d'un instant, elle faillit céder ; puis elle baissa les paupières et affichant une expression désinvolte :

— Je ne veux pas vous retarder. Je vais rester étendue un moment à l'ombre.

Même si elle était malheureuse comme les pierres, il

lui fallait obéir à Gary. Ainsi le secret de Lucy ne serait pas dévoilé...

Son hôte était retourné s'asseoir. Elle demeura allongée ; mais à la pensée d'avoir à dérober les clefs du coffre-fort, l'angoisse l'envahit.

A l'heure du déjeuner, elle était morte d'anxiété. Mais de peur que Trent ne la croie malade, elle prit place à table avec lui. Cependant, incapable de maîtriser le tremblement de ses mains, elle laissa échapper ses couverts à plusieurs reprises et faillit même renverser son verre d'eau.

— Je vous suggère de vous reposer dans votre chambre cet après-midi et de tirer les rideaux, intervint son compagnon.

Peu désireuse de le contrarier, elle déploya même un effort pour se montrer aimable.

— Vous avez raison car j'ai eu mal à la tête ce matin. Une sieste d'une heure ou deux ne me fera pas de tort... si je tiens à être en forme ce soir.

Sur ce, elle se leva mais elle était si étourdie que Trent dut l'accompagner jusqu'à la maison. C'est alors qu'une occasion inespérée se présenta...

Le chef des ouvriers agricoles de la propriété patientait dans le hall. Une fois par semaine, il venait à la villa pour présenter un compte-rendu au maître de maison. Le patron et l'employé passaient alors un bon moment ensemble dans la bibliothèque. Elle aurait donc le temps de chercher les clefs à loisir, se dit Vivienne.

Transie de peur, la jeune fille traversa le hall et tout en montant les marches, elle sentit que son hôte l'observait. Elle ne resta que quelques minutes dans sa chambre. Puis elle en ressortit, longea le couloir et pénétra dans l'aile gauche. Dès qu'elle aperçut la porte des appartements de Trent, en face d'un escalier, elle tourna vivement la poignée et se glissa à l'intérieur. Sans doute gardait-il sur lui les clefs du coffre-fort mais il en existait sûrement un double... Où le chercher ? Affolée, elle se mit à fouiller d'une main fébrile dans les poches de costumes dans la penderie, fureta dans les tiroirs d'une commode puis dans celui de la table de chevet. Elle eut tout à coup l'idée de chercher dans le secrétaire de la pièce voisine. Elle s'y rendit à la hâte, priant le ciel qu'il ne fût pas verrouillé. Dans les tiroirs néanmoins, elle ne trouva que des papiers. Mais dans le compartiment de gauche, elle devait découvrir, entre un agenda et un petit dictionnaire arabe, un anneau où étaient accrochées trois ou quatre clefs.

Malgré la chaleur de cet après-midi estival, l'Anglaise fut parcourue d'un frisson glacial. Elle saisit le porte-clefs et, les tempes moites, retourna vivement à la porte, jeta un dernier coup d'œil sur la pièce pour s'assurer qu'elle n'avait rien déplacé puis sortit.

Elle venait à peine de refermer derrière elle qu'elle crut s'évanouir. Trent montait l'escalier. Elle était blafarde ; l'avait-il vue sortir de sa chambre ? Elle eut l'impression qu'il la scrutait d'un regard dur ; aussi s'empressa-t-elle de déclarer :

— Je suis montée chez Robert pour y trouver un ouvrage. Je viens d'apercevoir un superbe oiseau vert émeraude sur mon balcon et j'aurais aimé en connaître le nom.

— Un guêpier, sans doute, répondit-il. Je croyais que vous faisiez la sieste.

— Oui… mais cet oiseau… bégaya-t-elle.

Elle souhaita alors être transportée comme par enchantement aux antipodes. Mais déjà le danger était passé et son interlocuteur déclarait :

— Je vous avais pourtant conseillé de tirer les rideaux ; c'est excellent pour les nerfs.

Elle tremblait comme une feuille :

— Oui, conclut-elle avec soumission.

Elle tourna les talons et se dirigea vers sa chambre. Une fois chez elle, elle s'écroula sur son lit. Elle avait serré les clefs si fort dans sa main qu'elle en avait la paume meurtrie. *Jamais, au grand jamais* elle ne voudrait revivre une pareille expérience !

Elle dut se résoudre à demeurer le reste de l'après-midi allongée car ses jambes ne la supportaient plus. Elle descendit uniquement pour dîner. Le maître de maison s'apercevrait-il de la pâleur mortelle de son invitée ? se demanda-t-elle, terrifiée. Voulant simuler un solide appétit, elle se força à manger, en s'étranglant à chaque bouchée. Vers la fin du repas, elle annonça avec entrain :

— Je vais aller faire un tour au casino ce soir. J'ai besoin de changer d'air.

— Il n'en est pas question, trancha son hôte. Vous seriez incapable de poser un pied devant l'autre dès que vous auriez franchi le seuil de la villa.

— Mais si, j'en suis capable ! répliqua-t-elle d'un ton implorant en refoulant ses larmes.

Elle l'entendit soupirer puis :

— D'accord, puisque vous insistez. Abdul vous conduira quand vous en manifesterez le désir.

Lorsqu'ils eurent fini de manger, Vivienne ne resta pas à table et marmonna un prétexte pour monter immédiatement dans sa chambre.

Au bout d'un moment qui lui parut interminable, Vivienne entendit enfin la voiture de sport démarrer. Elle se mit à arpenter la pièce, comptant les minutes, les secondes, jusqu'à ce qu'il fût onze heures. Puis elle descendit et se dirigea vers la limousine, les jambes tremblantes.

Malgré la douceur de la nuit, la jeune fille frissonna de froid durant tout le trajet tant elle avait peur. A un moment donné, elle fut tentée de prier Abdul de la conduire ailleurs. Cependant elle savait que rien n'arrêterait Gary : il s'était débrouillé pour visiter le parc de Koudia et n'aurait donc aucun scrupule à monter jusqu'aux appartements de Robert. Aussi Vivienne, résignée, se laissa-t-elle emmener au casino.

Le domestique l'accompagna à l'intérieur où se pressait une foule dense ; puis il la salua avant de s'éloigner. Elle se mit à déambuler parmi les tables, inconsciente du vacarme qui régnait dans l'établissement. Soudain, une main lui saisit le poignet : c'était Gary.

— Bonsoir ! lança-t-il du ton de celui qui vient de rencontrer une vieille connaissance. Si nous trouvions un endroit pour bavarder tranquillement ?

L'Anglaise le suivit à contrecœur. Ils choisirent de s'asseoir tout près du bar. Son compagnon commanda les consommations puis murmura :

— Vous avez fini par entendre raison... J'en suis très content. Vous avez les clefs, je suppose ?

Elle prit son sac, l'ouvrit et le referma aussitôt.

— Gary ! Dites-moi que c'est une mauvaise plaisanterie ! Je ne vous en voudrai pas ! Mais rassurez-moi, vous avez souhaité me jouer un tour !

— Bien sûr que c'est une plaisanterie, ma chérie ! Aux dépens de Colby ! Vous verrez comme nous rirons quand nous aurons vidé son coffre-fort ! Et maintenant, donnez-moi les clefs, exigea-t-il, et obéissez à mes ordres ! Dans quelques minutes, nous irons faire un tour dans la salle de jeu. On doit savoir que je suis l'un de vos bons amis et celui de Colby par la même occasion. Dans ce but, nous traverserons ensuite le vestibule à plusieurs reprises, là où se trouvent les employés chargés de la surveillance. Lorsque Trent quittera son bureau à minuit, nous nous y dirigerons comme si nous nous proposions de l'y rejoindre pour prendre un dernier verre.

La demi-heure qui suivit se révéla pour Vivienne un supplice. Les rires et les bavardages lui martelaient la tête à la faire éclater. Envahie par une stupeur étrange, elle accomplissait un à un les gestes dictés par Gary.

Peu après minuit, elle aperçut son hôte en train de discuter avec des amis dans la salle de jeu. Il était entouré de ravissantes créatures vêtues de robes moulantes... Autrefois elle cherchait absolument à critiquer sa façon de vivre... peut-être parce qu'inconsciemment, elle tentait de résister à son charme.

Gary lui serra le poignet. Le moment était venu.

— C'est maintenant ou jamais, chuchota-t-il à son oreille. Le grand patron est en bonne compagnie. Notre travail n'en sera que facilité.

Il leur fallait encore pénétrer dans le bureau ; son compagnon n'était-il pas trop optimiste ? songea-t-elle.

Ils traversèrent d'abord le vestibule, sans encombre. Gary essaya une première clef, puis une seconde. Persuadée d'être observée, Vivienne crut défaillir. Enfin, la porte s'ouvrit et Gary poussa vivement la jeune fille à l'intérieur. Il referma à la hâte.

— Il n'y avait pas de quoi se faire du souci ! Je vous l'avais bien dit ! déclara-t-il avec un rire étouffé.

Horrifiée, Vivienne le regarda aller droit au coffre et l'ouvrir. Il était rempli de billets de banque. Gary sortit un paquet de sa poche, le déplia ; c'était un grand fourre-tout dans lequel il entreprit de glisser les liasses. Si la jeune fille avait eu l'intention de le raisonner, même s'il était déjà trop tard, elle en aurait été incapable car sa voix ne lui obéissait plus. Soudain, elle tressaillit de tout son être ; elle venait d'entendre *une autre clef* tourner dans la serrure. Elle s'agrippa à la table pour ne pas tomber quand la porte s'ouvrit : Trent apparut.

— Bonsoir, Vivienne, prononça l'arrivant sans toutefois témoigner aucune surprise. Présentez-moi votre ami, je vous en prie ! C'est bien lui que vous avez connu il y a quatre ans à Tanger, n'est-ce pas ?

Sur ce, il verrouilla la porte, Vivienne aurait voulu mourir. Quant à Gary, il ne se démonta pas.

— C'est exact, répliqua-t-il d'un ton suffisant, même si, à vrai dire, il avait blêmi. Vivienne et moi sommes très intimes. Dommage qu'elle ne vous ait pas mis au courant !

— C'est malheureux, en effet, mais je n'en suis guère étonné, rétorqua calmement Trent. Quoi qu'il en soit, laissons ce sujet pour le moment. Je reprendrai mes clefs si vous n'y voyez pas d'objection.

Sans doute Gary s'était-il rendu compte qu'il était inutile de tenir tête à Colby car il jeta le trousseau sur la table d'un air boudeur. Ce dernier le ramassa puis prit quelques billets dans l'un des paquets.

— Vous avez une heure pour quitter le pays. Un avion décolle à minuit quarante-cinq, fit-il en lançant sur le bureau la somme nécessaire au prix du voyage. A votre place, je n'essaierais pas de revenir au Maroc. Vous risqueriez d'avoir la police à vos trousses.

Son interlocuteur ouvrit la bouche dans l'intention de le défier davantage mais il changea d'idée et prit l'argent. Avec un calme olympien, Trent le devança pour lui ouvrir. En passant devant Vivienne, Gary lui adressa un sourire veule ; puis il sortit et la porte se referma derrière lui.

Le silence le plus absolu régna alors dans la pièce. Elle s'agrippait toujours à la table. Son hôte était livide. Il s'approcha de la jeune fille et lui jeta un regard chargé de mépris :

— Robert a confiance en vous, c'est tout ce qui importe. Je vous l'ai dit le jour de votre arrivée et je vous le répète : vous n'avez pas intérêt à vous dérober.

Il décrocha le téléphone et prononça quelques mots d'un ton bref. Abdul apparut presque aussitôt.

— Il vous raccompagnera à la maison, conclut-il, glacial.

Vivienne se dirigea vers la sortie d'un pas vacillant. Le domestique demeurait imperturbable. *Ils avaient su. Ou du moins, ils avaient eu des soupçons.* On l'avait vue dérober les clefs et depuis son arrivée au casino, Trent n'avait cessé de la surveiller étroitement. Ensuite, il s'était arrangé pour revenir à son bureau au moment propice, afin de prendre Gary la main dans le sac. Livide, elle suivit Abdul, traversa le bar, monta dans la voiture.

De retour à Koudia, elle se laissa tomber sur son lit,

exténuée. Cependant, elle ne parvint pas à trouver la paix dans le sommeil. Car durant celle nuit interminable, elle ne cessa de se remémorer l'expression dédaigneuse de Trent, sa voix méprisante.

9

Robert passait désormais ses journées au lit. Vivienne lui tenait compagnie durant quelques heures chaque après-midi et devait déployer un effort pour dissimuler son angoisse tant il avait les joues amaigries. Il avait beau rire, plaisanter, jouer aux cartes avec dextérité malgré son plâtre, il n'en faisait pas moins de fréquentes siestes. Tandis qu'il dormait, la jeune fille lui prenait la main et contemplait, la gorge nouée, ce visage d'adolescent torturé par la maladie.

Son hôte ne lui avait pas reparlé de cette nuit fatidique où il l'avait surprise dans son bureau avec Gary. En présence de l'invalide, Trent continuait d'être agréable et courtois envers elle. Le soir, ils n'avaient pas changé leurs habitudes : ils dînaient tous deux dans la pièce dominant la casbah. Trent se montrait affable, son comportement demeurait bienveillant. Mais l'Anglaise, malheureuse, savait qu'il la méprisait. Il n'allait plus au casino. Depuis que l'état de santé de son frère s'était aggravé, il laissait à Abdul et à André, le premier croupier, la direction de l'établissement. La nuit, il arpentait les pièces du rez-de-chaussée ou sortait se promener seul dans le parc. Vivienne, elle aussi, passait des heures à faire les cent pas chez elle... car chaque fibre de son être vibrait à l'unisson avec cet homme.

Ce mépris — immérité — dont il l'accablait la blessait profondément. Il la croyait amoureuse de Gary et l'instigatrice de ce vol avorté ; il pensait même qu'indifférente au sort de Robert, elle avait projeté de s'enfuir avec son complice en emportant le produit de leur larcin. Voilà pourquoi, pleurant sans cesse, elle ne fermait plus l'œil de la nuit. Vint le moment où elle fut incapable d'en endurer davantage. Eût-elle été l'héroïne d'un roman, elle aurait continué de jouer stoïquement son rôle... de veiller sur ceux qu'elle s'était jurée de protéger. Mais elle n'était pas une héroïne justement... elle n'était qu'humaine. Le dédain de Trent lui était devenu insupportable. Elle était Vivienne Blyth, elle voulait penser, sentir, *aimer* comme Vivienne Blyth, *malgré sa grande amitié envers Lucy.*

Un soir, les yeux rougis par les pleurs, elle gagna son balcon et emprunta l'escalier extérieur pour descendre à la terrasse du rez-de-chaussée. Il avait plu un peu plus tôt : la terre mouillée, les arbres en fleurs embaumaient l'atmosphère de leur parfum délicieux. Trent se trouvait là-bas, dans le parc... elle le savait. Sans se soucier du sol humide, de sa robe légère, elle traversa la haie d'hibiscus. Le croissant de lune qui jetait sur la mer une lumière argentée lui rappela douloureusement les merveilleuses soirées sur l'île de Tahad.

Elle aperçut Trent sur le sentier. Elle s'approcha de lui.

— Vous n'auriez pas dû sortir, dit-il. Le fond de l'air est frais.

— Je suis très bien ainsi, répliqua-t-elle, impatiente, tout en se demandant comment aborder le sujet.

Puis, s'armant de courage, elle poursuivit :

— Si je vous affirme que Robert revêt à mes yeux presque autant d'importance qu'aux vôtres, me croirez-vous ?

— Je suis prêt à croire tout ce que vous me direz ! rétorqua son interlocuteur avec un sourire ironique.

— Je ferais mieux de commencer par le commencement, décida-t-elle d'une voix vacillante. Vous n'avez jamais entendu parler de Lucy Miles mais c'est elle —

et non pas moi — qui a écrit toutes ces lettres à Robert. Pour quelle raison me demanderez-vous ? continua-t-elle en voyant l'expression de Trent se modifier. Lucy est bonne et douce mais — aussi absurde que cela puisse paraître — se trouvant trop quelconque pour Robert, elle lui a envoyé ma photo au lieu de la sienne.

Il fronça les sourcils et murmura :

— C'est complètement idiot !

— Je partage votre avis, approuva Vivienne. Elle avait l'intention de tout lui avouer une fois que leurs relations seraient devenues assez solides pour supporter cette révélation. Puis vous lui avez écrit afin de l'avertir de la santé déclinante de votre frère : elle s'est alors effondrée.

Son interlocuteur la fixait avec des yeux brillants.

— Comment se fait-il que vous soyez venue à sa place ? s'enquit-il d'une voix rauque.

— Elle m'a suppliée. C'eût été pour Robert un choc atroce, étant donné son état, de se trouver en présence d'une étrangère...

Il y eut un long silence, puis :

— C'est absurde ! C'est insensé ! s'exclama son hôte, abasourdi.

— Si vous connaissiez Lucy, jamais vous ne diriez une chose pareille ! déclara l'Anglaise en prenant la défense de son amie. Elle pensait uniquement à son correspondant, aussi m'a-t-elle persuadée de la remplacer afin de lui éviter une grande déception. Lucy aime profondément Robert, ajouta-t-elle très doucement. Les gens amoureux manifestent parfois des réactions bizarres !

— Vous parlez par expérience ! railla-t-il, le sourire méprisant.

— Vous songez sans doute à Gary Thornton, répondit-elle calmement. J'ai cru être amoureuse de lui, je l'admets. Je me suis même donnée beaucoup de peine pour tenter de le retrouver, dès mon arrivée à Tanger.

— Je sentais bien qu'il se passait quelque chose et je

vous ai laissée libre de vos mouvements dans l'espoir de vous voir prendre à votre propre piège. Je n'avais pas tort ! énonça Trent d'un ton sec. Continuez.

— Gary fréquentait le casino, ai-je finalement découvert. Je l'ai rencontré là-bas le premier soir où j'y suis allée. En réalité, je poursuivais un beau rêve et Gary ne représentait rien pour moi... je m'en suis bien rendu compte. Avant cette prise de conscience, néanmoins, je lui avais sottement révélé la supercherie.

— Vous aviez peur. Je m'en étais aperçu.

— Oui, je l'avoue. Je voulais absolument partir et nous nous sommes rendus à l'île de Tahad. Quand je suis revenue à Tanger, toutefois, Gary m'attendait. Il m'a menacée de dévoiler le subterfuge à Robert si je ne lui fournissais pas les clefs de votre coffre-fort. Je n'avais donc pas le choix.

— Vous auriez pu me mettre au courant ! rétorqua-t-il.

— J'y ai songé.

Pendant un long moment, Vivienne soutint le regard de son interlocuteur.

— Mais je devais tenir compte de Lucy, continua-t-elle. De plus, persuadée que Gary trouverait le moyen d'aborder Robert, j'étais terrifiée.

— Adorable petite sotte ! murmura-t-il en la prenant par les épaules. Ce malotru aurait pu vous faire du mal !

Elle sentit les doigts de Trent lui caresser les bras. Hypnotisée par son regard, elle se rapprocha de son visage. Il posa ses lèvres sur les siennes et elle fut envahie d'un trouble délicieux. Puis elle se leva contre lui tandis qu'il couvrait sa gorge de baisers fous, dans une folle étreinte. Soudain, il la repoussa brutalement et jeta d'une voix rauque :

— Allez-vous-en !

Anéantie par le désespoir, elle courut jusqu'à la maison en sanglotant. Aux yeux de Trent, elle appartenait à Robert. Rien au monde ne pourrait changer cette situation...

Il plut de nouveau le lendemain puis le soleil reparut, resplendissant. La mer avait recouvré son bleu profond, les fleurs leurs teintes délicieuses. Toute la nature était d'une extraordinaire luminosité. Devant tant de beauté, Vivienne était choquée... comme si la terre entière se moquait de l'atmosphère lugubre de la villa.

Le maître de maison n'avait pas fait allusion à cette fameuse soirée dans le parc ; mais parfois leurs regards se croisaient et l'Anglaise était alors inondée d'une tendresse infinie.

Malgré son état, Robert continuait d'être d'humeur charmante. Un soir, il décida de manger à table. Tout fut alors mis en œuvre pour célébrer cette occasion : cristaux, argenterie étincelaient sur la nappe damassée. Mais personne ne voulut admettre qu'en réalité la gaieté était artificielle.

Les autres soirs, Trent et son invitée dînèrent ensemble dans la salle à manger, comme à l'accoutumée, mais étaient désormais séparés par une barrière insurmontable. Ils sortaient ensuite sur la petite terrasse, dans la nuit enbaumée de laurier-rose et de jasmin. Trent prenait son étui dans sa poche, lui offrait une cigarette puis allumait son briquet. Vivienne croyait devenir folle. Elle l'aimait, il l'aimait et pourtant ils n'avaient aucun contact... leurs mains ne s'effleuraient même plus.

Un soir où la tension devint insupportable pour la jeune fille, il y eut soudain du bruit à l'intérieur de la pièce. Haroun se tenait dans l'embrasure de la porte tandis que Momeen, effaré, desservait.

— C'est le jeune maître, bégaya le domestique. Il réclame les meringues de M. Maurice.

Vivienne crut défaillir. Serait-ce l'ultime requête de Robert ? Trent demanda :

— En reste-t-il ?

Momeen jeta un coup d'œil sur le plat et hocha la tête.

— Eh bien, qu'on monte lui en porter ! fit Trent avec sang-froid.

La gorge nouée, Vivienne courut à sa chambre.

Le lendemain après-midi, un jeune médecin marocain vint en compagnie de trois techniciens prendre des radiographies du poignet du malade. L'appareil était encombrant mais ils réussirent tout de même à le monter jusqu'au dernier étage de l'aile gauche grâce à la supervision d'Abdul. L'Anglaise confectionnait des bouquets dans l'une des pièces du rez-de-chaussée lorsque, quelques minutes plus tard, le docteur descendit l'escalier en courant et se précipita sur le téléphone. La jeune fille jeta un coup d'œil dans le hall ; il parlait trop vite pour qu'elle pût le comprendre mais il lui parut curieusement excité. Au même instant, Trent apparut et se dirigea vers le praticien. Ils échangèrent quelques phrases, entrèrent tous deux dans la bibliothèque et fermèrent la porte. Elle continua d'une main tremblante à disposer œillets et chèvrefeuille dans les vases. Que se passait-il ? Qu'arrivait-il à l'invalide ? Puis au bout d'un moment interminable, les deux hommes ressortirent et grimpèrent les marches. La jeune femme se mit à faire les cent pas, nerveuse, tentant d'imaginer les événements qui se déroulaient là-haut au dernier étage de la villa.

Tout à coup, à sa grande surprise, elle vit surgir dans l'avenue une voiture noire. Quelqu'un en descendit : c'était l'un des spécialistes français qui soignait Robert. Abdul vint aussitôt à sa rencontre et l'accompagna en haut. Vivienne se retrouva de nouveau seule dans le silence. Incapable de rester plus longtemps à l'intérieur, elle sortit dans le jardin. Elle dut déployer un immense effort pour cueillir davantage de fleurs en vue d'égayer la maison au lieu de céder à sa première impulsion et de retrouver les autres chez Robert.

Un peu plus tard, elle entendit des voix puis la voiture du spécialiste démarra. S'efforçant de demeurer calme, elle retourna à pas lents vers la demeure. Les techniciens sortaient à l'instant même où elle atteignait la terrasse. Trent les avait raccompagnés jusqu'à la porte ; il se retourna et aperçut Vivienne. Elle se rendit compte alors qu'elle avait les bras chargés de fleurs.

Il s'approcha d'elle, le sourire aux lèvres.

— Il vous manque un grand chapeau de paille pour ressembler aux femmes du Rif. Réflexion faite, continua-t-il, vous avez la peau trop claire et ce petit nez droit n'a rien de berbère !

— Que se passe-t-il ? J'ai été si inquiète !

Il ne répondit pas immédiatement et elle tenta de déceler un indice sur son visage las.

— Allons nous asseoir, proposa-t-il enfin en lui entourant les épaules. Non, gardez le bouquet, ajouta-t-il comme elle s'apprêtait à s'en débarrasser. Vous êtes une image apaisante pour un homme qui a vécu des moments difficiles ces derniers temps.

Il la conduisit vers un petit jardin situé en contrebas de la pelouse de croquet et entouré de citronniers dont les troncs grêles prenaient une teinte argentée contre le ciel bleu. Ils s'installèrent sur un banc.

— C'est la radiographie qui a tout déclenché, intervint son hôte.

— Quoi donc ? s'enquit-elle en posant ses fleurs sur ses genoux avec un geste d'impatience qui fit sourire son interlocuteur.

— Le poignet de Robert guérit bien.

— Ne s'y attendait-on pas ?

— Il souffre d'une atteinte musculaire, mais…

— Mais quoi ? insista-t-elle.

Un merle jeta dans le crépuscule un trille clair.

— Pour les médecins, c'est un élément significatif, paraît-il. On demande à mon frère d'aller passer des examens demain à l'hôpital.

Le cœur de Vivienne battait à tout rompre. Dans ses grands yeux couleur d'ambre se lisaient émerveillement et espoir. Pendant un long moment, ils ne prononcèrent pas une parole. Puis Trent aida la jeune fille à ramasser les fleurs ; il était temps de rentrer dîner.

La soirée traîna en longueur pour tous les deux, tant cette attente leur pesait. Le lendemain matin, elle se leva tôt et se rendit aux vergers. Les arbres étaient maintenant lourds de fruits. Elle aperçut au loin la limousine noire rouler en direction de la ville. Abdul était sans doute au volant, Trent et Robert sur la banquette arrière. Le jeune invalide guérirait-il ? Non, elle ne devait pas caresser ce fol espoir !

Les femmes berbères, vêtues de larges robes imprimées, cachaient leur visage tandis que la jeune Anglaise circulait parmi elles. Celle-ci les regarda grimper sur leurs escabeaux pour cueillir les fruits tandis que leurs enfants nettoyaient sous les arbres. Elles avaient apporté du fromage de chèvre, du pain noir et des dattes ; elles proposèrent timidement à l'étrangère de partager leur repas. Vivienne s'assit en leur compagnie à l'ombre d'un vieux noyer, évitant soigneusement d'observer la route mais à l'écoute du moindre vrombissement de moteur.

Le soleil déclinait au-dessus de la baie et les ouvriers se préparaient à arroser les arbres fruitiers quand Vivienne vit soudain la limousine s'engager dans l'avenue. Les femmes, leurs enfants accrochés à leurs jupes, s'apprêtaient à partir ; elles saluèrent la jeune Anglaise dans leur langue et celle-ci leur répondit par un sourire avant de se diriger vers la maison. Ses jambes, toutefois, la soutenaient à peine.

Elle entendit des voix. Elles provenaient de la pièce du rez-de-chaussée où, la veille, elle avait confectionné des bouquets. Le cœur battant jusque dans sa gorge, elle franchit les arcades.

Trent était là, accoudé au manteau de la cheminée de marbre ; Robert était assis dans son fauteuil roulant à côté d'un sofa. Dès qu'elle regarda le jeune homme, elle comprit. Avec ses cheveux blonds comme les blés, ses yeux bleus comme le ciel d'été, il était très séduisant. En apercevant l'arrivante, il jeta un coup d'œil vers son aîné.

— Dis-lui, Trent.

Ce dernier se redressa et prononça d'une voix nonchalante, sans doute pour cacher son émotion :

— Robert va guérir... D'après ses médecins, dans quelques semaines, il deviendra assez robuste pour quitter son fauteuil roulant et dans six mois, il sera complètement rétabli.

En entendant ces paroles, Vivienne sentit son cœur se gonfler d'allégresse. Elle traversa la pièce en courant.

— Oh, Robert ! Comme je suis heureuse pour vous !

Elle le serra dans ses bras pour cacher les larmes de joie qui perlaient à ses paupières et se releva uniquement lorsqu'elle se fut ressaisie.

— Savez-vous ce que cela signifie, Vivienne ? questionna le malade, la voix altérée, le regard ardent. Cela signifie que nous pouvons nous marier !

Elle eut l'impression de tomber... de tomber dans un trou noir ; la pièce se mit à tournoyer. Elle tourna la tête vers Trent et lut sur son visage, dans ses yeux, la secousse que lui avait provoquée cette dernière phrase. Puis elle s'entendit prononcer avec un rire brisé :

— Oui, nous pouvons nous marier !

10

Vivienne écouta le sifflement discordant du merle ; comme son chant lui avait pourtant paru beau la veille ! Les arbres étincelaient sous les rayons du soleil mais ce petit jardin qui, vingt-quatre heures auparavant, vibrait de vie et d'espoir, était maintenant triste et désolé.

Haroun avait emmené Robert dans sa chambre. Trent était assis sur le banc à côté de la jeune fille. Continuant la conversation commencée quelques minutes plus tôt, elle déclara :

— C'est un véritable miracle ! Robert semblait si malade que l'on pouvait s'attendre au pire !

Son interlocuteur hocha la tête.

— J'étais au courant. Il y a plusieurs semaines, les médecins m'ont demandé la permission d'essayer un nouveau traitement. Cette thérapeutique risquait non seulement d'être très pénible à supporter, mais également de ne donner aucun résultat.

— N'est-ce pas le jour où nous sommes allés à Tétouan ? Je me souviens... dit-elle en se tournant vers lui. On vous avait retenu longtemps à l'hôpital ce matin-là.

— C'est exact, affirma-t-il, mais je n'en ai soufflé mot à personne de peur d'encourager de faux espoirs. Je serai redevable à Paul Lazare et Georges Marne pour la vie. J'ai emmené Robert dans les meilleures cliniques mais il a fallu deux docteurs inconnus travaillant dans un petit hôpital pour trouver un remède à son mal. Jamais je ne pourrai les rémunérer à leur juste valeur...

Il se leva, prit le bras de Vivienne. Conscients tous deux de la force inéluctable du destin, ils se dirigèrent vers la maison. Pouvait-on être à la fois profondément heureux et profondément malheureux ? se demanda Vivienne, la gorge serrée. En voulant protéger Robert de la vérité, ils avaient commis un geste irrémédiable.

Le jeu de croquet ne servait plus. Les médecins avaient ordonné au malade de se reposer s'il voulait guérir rapidement. Le soleil était torride et depuis plus d'une semaine, au lieu de s'asseoir près de la piscine, Vivienne, Robert et Trent avaient pris l'habitude de s'installer sous la tonnelle, à côté de la maison.

La jeune fille continuait de sourire, de bavarder, mais son esprit était ailleurs. Par moments, elle observait Trent, allongé sur une chaise longue. Il aurait pu la toucher tant il était près d'elle mais en fait, jamais il ne se le serait permis. Elle en éprouvait alors une douleur intense, insupportable.

Un après-midi, elle lisait des poèmes à voix haute et essayait de rythmer un vers quand Robert secoua la tête.

— Jamais vous n'y arriverez. Ecoutez-moi avec attention, continua-t-il avant de réciter avec conviction : *Je vous aime avec la foi de mon enfance...* A vous.

— *Je vous aime...* commença-t-elle d'un ton mal assuré.

Et soudain, derrière eux, une voix reprit :

— *Je vous aime avec les souffles, les sourires, les larmes de mon existence tout entière — et si Dieu le veut, je ne vous aimerai que davantage après la mort.*

Le silence tomba sur cette belle après-midi d'été. Ces quelques paroles étaient imprégnées d'une telle sincérité que tous en demeurèrent étrangement émus.

Vivienne se retourna lentement et bondissant de son siège, s'exclama :

— Lucy !

— Bonjour, Vivienne, j'ai entendu votre voix, fit l'arrivante en s'avançant. Je suis en vacances à Tanger et j'ai tenu à venir vous saluer. Vous n'y voyez pas d'objection, j'espère ?

Vivienne était abasourdie. *Lucy à Tanger !* Son amie portait maintenant ses cheveux blonds en boucles souples sur ses épaules. Elle était vêtue d'une jolie robe et son visage resplendissait de joie. *A cause de la lettre, bien sûr !* la jeune fille venait de comprendre. Ne lui avait-elle pas écrit pour lui expliquer la guérison prochaine de Robert ? Très chère Lucy ! Elle rayonnait de bonheur et son expression dégageait un éclat particulier qui la rendait presque belle.

— Qu'attendez-vous pour offrir une chaise à notre charmante invitée ? lança le malade, visiblement fasciné par la nouvelle venue.

Vivienne n'osa jeter un coup d'œil sur Trent mais elle sentait néanmoins qu'il essayait de croiser son regard.

— Je vous présente Lucy Miles, une amie d'Angleterre. Lucy, voici Robert Colby et son frère Trent.

Ce dernier s'était levé pour avancer un fauteuil.

— Je suis très heureux de faire votre connaissance, Lucy.

Celle-ci eut à peine le temps de s'asseoir que le jeune invalide lui demandait :

— Où avez-vous appris à réciter ainsi ? Vous avez dû lire ces vers une bonne centaine de fois pour les dire sans omettre une seule syllabe !

— Oh, ce n'est pas difficile ! répondit-elle avec un sourire avant d'ouvrir son sac et d'en sortir un tout petit livre relié de cuir. J'ai ici tous les poèmes de Browning et quand j'en ai envie, je les parcours.

— Sapristi ! s'exclama-t-il, impressionné, en lui prenant l'ouvrage des mains pour le feuilleter. C'est superbe ! J'ignorais qu'il existait de pareils bijoux !

Voyez les miens ! continua-t-il en désignant du doigt énormes volumes posés sur la table à côté de lui.

— On peut les acheter dans le commerce, dit Lu avant d'ajouter, timide : Si vous le désirez, je vc offrirai mon exemplaire !

— Oh, mon Dieu, non ! Je n'oserais jamais !

Leurs regards se croisèrent.

— Réflexion faite, poursuivit le jeune homme, nc pourrions faire un échange. Je ne possède pas d'éditi de poche comme la vôtre mais j'ai un très vi exemplaire superbement relié de l'œuvre de Brownir il porte la signature de l'auteur sur la page de gar(

— J'aimerais beaucoup le voir ! s'exclama s interlocutrice avec un intérêt manifeste.

— Je vous le montrerai. N'allons-nous pas offrir (rafraîchissements à notre invitée ? poursuivit-t-il. thé, par exemple ?

— J'y vais, répliqua aussitôt Vivienne en se leva

— Pas celui à la menthe, Vivienne ! lança Robe Lucy préfère, j'en suis sûr, du vrai thé anglais.

Vivienne se dirigea vivement vers la maison. Harc était assoupi ; Momeen était parti à la casbah retrou sa femme et ses enfants et Maurice n'arriverait avant un moment. Elle devrait se tirer d'affaire sei Dans la cuisine, elle sortit un plateau, des tasses et soucoupes, disposa des gâteaux dans une assiette. P quand l'eau se mit à bouillir, elle la versa dans la grai théière en argent et apporta le tout à l'extérieur.

Lorsqu'elle parvint à la tonnelle, Lucy et Rot étaient plongés dans une discussion animée.

— Pas du tout ! Elizabeth a été la première à se fa un nom dans la littérature anglaise. Les prem poèmes de son mari étaient plutôt hermétiques personne ne s'y intéressait.

— D'accord, mais c'était *avant* son mariage. El beth Barrett était de six ans l'aînée de Browning, l'oubliez pas !

— C'est vrai ; mais durant leurs quinze années de vie commune en Italie, Elizabeth a été très productive.

Le maître de maison vint au-devant de l'Anglaise pour la libérer de son plateau. Leurs regards se croisèrent. Dans celui de Trent se lisait une interrogation muette. Elle servit le thé, tendit les tasses et lorsqu'il ne resta plus que des miettes dans l'assiette de gâteaux, Robert et Lucy avaient convenu qu'Elizabeth Barrett Browning était maintenant considérée comme un poète secondaire. Tandis que Vivienne empilait tasses et soucoupes sur le plateau, Lucy, les joues rosies, se leva.

— Je ferais mieux de partir, je crois, annonça-t-elle. Je suis arrivée ce matin et je n'ai pas encore défait mes valises.

— Que faites-vous des livres ? s'enquit Robert, le visage rayonnant lui aussi. J'irais bien vous les chercher, sans ce satané fauteuil. Heureusement, ce n'est que temporaire. Dans quelques semaines, je n'en aurai plus jamais besoin.

— Je sais où ils se trouvent, intervint Vivienne. D'ailleurs, peut-être Lucy désirerait-elle monter dans ma chambre pour se rafraîchir avant son départ.

— Excellente idée ! approuva le malade.

Vivienne conduisit son amie à l'intérieur. Elles montèrent l'escalier en silence mais une fois, la porte refermée, elles tombèrent dans les bras l'une de l'autre, en riant.

— Lucy !

— Vivienne ! Vous êtes superbe ! ajouta la nouvelle venue après avoir reculé d'un pas. Vous avez un peu maigri mais vous avez perdu votre regard dur.

— Et moi, je ne reconnais plus ma chère amie Lucy Miles ! s'exclama-t-elle en détaillant sa jolie coiffure, et son élégante tenue.

Cette dernière était radieuse.

— Mon père reçoit maintenant des subventions du gouvernement pour administrer la ferme ; il est donc beaucoup plus à l'aise financièrement. J'ai reçu votre lettre avant-hier et j'ai acheté mon billet d'avion sur-le-champ.

— Je n'ai pas eu la tâche facile, prononça Vivienne grave soudain.

— Il n'est pas au courant, n'est-ce pas?

— Non.

— L'important, c'est qu'il guérisse, affirma simplement la nouvelle venue.

— Hé ho! cria Robert sous la fenêtre. Que manigancez-vous là-haut?

Elles s'adressèrent un sourire. Lucy alla se rafraîchi dans la salle de bains tandis que sa compagne montai chercher les livres. Puis elles redescendirent ensembl et sortirent sur la terrasse. Le malade s'y trouvait déj en compagnie de Trent et de Haroun.

— C'est un ouvrage magnifique! déclara Lucy a jeune homme. Je vous promets d'en prendre bien soi

Puis se tournant vers Vivienne :

— Auriez-vous la gentillesse de m'appeler un taxi

— Un taxi! s'exclama l'invalide. Nous ne la laisseroi pas retourner à son hôtel en taxi! N'est-ce pas Trent

— Abdul est en train de laver la Bentley. No allons le prier de l'avancer, répondit l'aîné des Colb

Sur ce, il glissa quelques mots à Haroun et ce derni s'éloigna à la hâte.

Peu après, la limousine vint s'immobiliser devant maison. Le chauffeur en descendit et ouvrit la portiè arrière. Lucy venait de s'y installer lorsque le mala s'adressa à Vivienne :

— Dites à votre amie de revenir quand bon l semble. N'est-ce pas, Trent?

— Les amis de Vivienne seront toujours les bienv nus à Koudia, répondit l'intéressé avec un sourire.

Robert tourna alors vers Lucy un regard anxieux.

— Si vous n'avez pas d'autres projets... bien sûr

— Je suis ici pour deux semaines et je n'ai rien prévu, déclara-t-elle timidement.

La voiture démarra et s'éloigna dans l'avenue. Comme ils se retournaient pour se diriger vers la maison, le jeune invalide murmura d'un air rêveur :

— Elle a récité ces vers comme s'ils avaient été créés pour elle.

Lucy revint après le déjeuner, le lendemain. Robert avait soigné sa tenue vestimentaire pour l'accueillir. Dans sa chemisette blanche, son short bleu, il était superbe. Ils s'assirent pendant un moment près de la piscine mais le jeune homme était impatient de montrer le parc à la nouvelle venue.

— Je vais vous emmener voir les cèdres, proposa-t-il.

Vivienne se leva et s'apprêtait à pousser le fauteuil quand Lucy lui demanda d'une voix hésitante :

— Puis-je ?

— Bien sûr ! acquiesça l'Anglaise en riant.

Elle réfléchit quelques instants avant d'ajouter :

— De surcroît, j'ai beaucoup à faire dans ma chambre. J'ai été un peu négligente ces derniers temps et puisque vous êtes là, Lucy, j'en profiterai pour me rattraper.

Sur ce, elle les quitta avec un sourire et gagna la demeure.

Son appartement n'avait jamais connu un tel bouleversement. Les jours suivants, Vivienne vida ses tiroirs, les nettoya, lava ses sous-vêtements, frotta miroirs et meubles et alla même jusqu'à secouer les rideaux de ses fenêtres. Pendant ce temps, si Robert et Lucy ne bavardaient pas près de la piscine, ils étaient installés sous les vieux cèdres ou se promenaient près de la fontaine de mosaïque.

La tonnelle située près du jeu de croquet était déserte. Vivienne et Trent s'y asseyaient parfois et observaient les yachts et les bateaux de pêche au loin.

Les jours s'écoulaient. La veille du départ de Lucy, ils se trouvaient tous trois dans l'un des salons s'ouvrant sur les arcades. Le malade était installé dans son fauteuil. Vivienne brodait un mouchoir. Le maître de maison venait d'entrer.

Robert tendait l'oreille dans l'espoir d'entendre des bruits de pas dans l'allée ; il semblait nerveux, agité. Soudain, il déclara :

— Vivienne... je voulais aborder ce sujet depuis un moment. Vous vous souvenez de ce fameux jour où je suis revenu de l'hôpital... Je vous ai alors dit certaines choses... mais en fait, j'étais en pleine euphorie. Il n'est pas toujours bon de se précipiter... enfin, vous me comprenez... de se précipiter dans le mariage et...

— Je vous comprends, l'interrompit-elle en continuant sa broderie. Beaucoup d'événements se sont produits depuis. L'arrivée de Lucy, par exemple...

— Ce fut un plaisir de la connaître et de la recevoir ici, intervint l'aîné des Colby. Dommage qu'elle parte demain !

L'invalide rougit puis déclara avec un sourire soulagé :

— Peut-être restera-t-elle plus longtemps, justement, si son père le lui permet ! De plus, elle veut m'inviter chez elle à Ayleshurst. Elle habite une ferme, tu sais !

— Comme le monde est petit ! souligna son frère en riant.

Robert se redressa brusquement.

— La voilà !

Sur ce, il se précipita vers la sortie.

— Lucy ! Ne bougez pas ! J'arrive ! cria-t-il. Admirez la maniabilité de ce fauteuil !

Quelques instants plus tard, des rires gais et des éclats de voix se firent entendre sur la terrasse pour ensuite se perdre dans le parc.

Dans le salon, seul le tic-tac monotone de la pendule sur la cheminée rompait le silence. Le cœur battant à tout rompre, Vivienne brodait. Puis elle releva la tête. Son hôte l'observait. Ils se regardèrent ainsi sans mot dire pendant un long moment.

— Venez, prononça-t-il enfin.

Elle posa son ouvrage et se leva. Un instant plus tard, elle était dans les bras de Trent et il l'embrassait. C'était leur premier baiser depuis des semaines ; il fut violent, passionné.. Puis il relâcha son étreinte et proposa d'un ton ému :

— Asseyons-nous.

Tendrement enlacés, ils se dirigèrent vers le sofa. Vivienne se lova contre son épaule.

— Que diriez-vous de vivre dans du Louis XV ? poursuivit-il.

L'Anglaise sourit.

— La maison est magnifique mais peut-être un peu trop imposante.

Il acquiesça d'un hochement de tête.

— Je l'ai achetée à un diplomate français. J'y ai ajouté quelques œuvres d'art marocaines mais à mon avis, il manque une touche féminine à la décoration, ajouta-t-il avant de poser un baiser sur son front.

— Nous pourrions commencer par enlever quelques meubles, suggéra-t-elle.

— Et donner des réceptions. Je veux que le Tout-Tanger fasse la connaissance de ma femme.

Il effleura des lèvres la courbe gracile de sa joue.

— Nous devrons l'annoncer à Robert.

— Je ne crois pas que cette nouvelle l'étonne, fit-il, car il est très perspicace.

— Mais il n'est pas au courant du subterfuge ! souligna Vivienne.

— Il l'apprendra un jour ou l'autre. Cela n'aura alors plus aucune importante car il aime Lucy.

— Il l'a toujours aimée et ce sentiment était réciproque. A propos, ajouta-t-elle, espiègle, je connais un certain Trent Colby qui sera forcé de se rétracter. Etes-vous encore prêt à soutenir qu'un amour par correspondance ne peut durer ?

Il capitula sur-le-champ !

— Quand je vous serre dans mes bras, je suis prêt à reconnaître n'importe quoi.

— Même de m'avoir harcelée sans pitié au sujet du casino ? le taquina-t-elle.

— Je ne faisais que me venger ! riposta-t-il en riant. Vous étiez en train de me rendre fou ! Si vous saviez le supplice que j'ai enduré à vous voir avec mon frère dans la piscine ! J'ai vécu un enfer. J'ai eu beau essayer de vous chasser de mes pensées, vous étiez là, tout près de moi... Ce fut insupportable !

— Et moi, pendant ce temps, je me croyais éprise de Gary. D'ailleurs, je vous trouvais tyrannique.

— Ce fameux soir, dans mon bureau, j'ai cru qu'il existait une idylle entre vous deux ; je l'aurais écorché vif ! Je peux vous l'avouez maintenant ! Parlez-moi de lui.

— Il n'y a pas grand chose à dire, répliqua-t-elle avec un haussement d'épaules. Je pensais être amoureuse de Gary. Je suis contente de l'avoir revu car cette affaire est enfin réglée une fois pour toutes.

— Dans ce cas, moi aussi, je suis content, prononça-t-il en l'embrassant tendrement.

— Nous pourrions organiser un double mariage... dit Vivienne, rêveuse.

— Il n'en est pas question ! trancha-t-il en riant. Mon frère devra attendre encore plusieurs semaines avant d'être remis. Tandis que moi, je me sens tout fringant ! En revanche, Lucy et Robert pourraient être demoiselle et garçon d'honneur à notre cérémonie. Qu'en dites-vous ?

— C'est parfait !

— Que pensez-vous d'un voyage de noces à l'île de Tahad ?

— Seuls tous les deux ? Je ne possède pas les dons culinaires de Maurice !

— C'est secondaire ! répliqua-t-il. Vous avez bien d'autres talents pour compenser !

— Trent Colby ! s'exclama l'Anglaise d'un ton

sévère alors que ses yeux pétillaient de malice. N'avez-vous pas honte ?

Il éclata de rire et la prit dans ses bras.

— Qu'adviendra-t-il du casino ? s'enquit-elle.

— Je vais m'en débarrasser et je trouverai une autre occupation. Mais laissons ce sujet pour le moment.

De ses lèvres, il caressa la gorge de la jeune fille :

— Vous aurez besoin d'un travail qui vous permettra de dépenser votre énergie, déclara-t-elle d'un ton ferme.

— Pas *toute* mon énergie, j'espère ! rétorqua-t-il, une lueur espiègle dans le regard.

— Il est grand temps de partir en promenade ! proposa son interlocutrice en feignant un ton sermonneur.

Bras dessus, bras dessous, ils marchèrent à pas lents dans le parc jusqu'à ce que le crépuscule voile de rose la ville qui s'étalait à leurs pieds. Du hauts des minarets, les muezzins commencèrent à appeler les fidèles à la prière. La jeune fille, le cœur en fête, eut alors le sentiment que le monde entier proclamait leur amour. L'amour de Trent et Vivienne.

Les Prénoms Harlequin

VIVIENNE

fête : 2 décembre couleur : rouge

Secrète et réservée, celle qui porte ce prénom préfère demeurer à l'ombre, à l'instar de son végétal totem, la fougère. *Son rêve le plus cher : vivre et travailler loin de l'agitation du monde, entourée de quelques amis très proches. Un être attachant qui gagne à être connu... même si elle redoute la lumière trop vive du soleil.*

Rien d'étonnant à ce que Trent mette un certain temps à percer la vraie nature de Vivienne Blyth.

Les Prénoms Harlequin

TRENT

Ce prénom qui en latin signifiait « torrent », confère son impétuosité à celui qui le porte. Impétuosité qu'il parvient du reste à dissimuler sous des airs plutôt distants. Mais ne serait-ce pas davantage pour masquer sa sensibilité qu'il se drape dans un manteau de glace, en attendant celle qui viendrait réchauffer sa solitude ?

Très vite, la méfiance naturelle de Trent Colby fond devant le sourire de Vivienne...

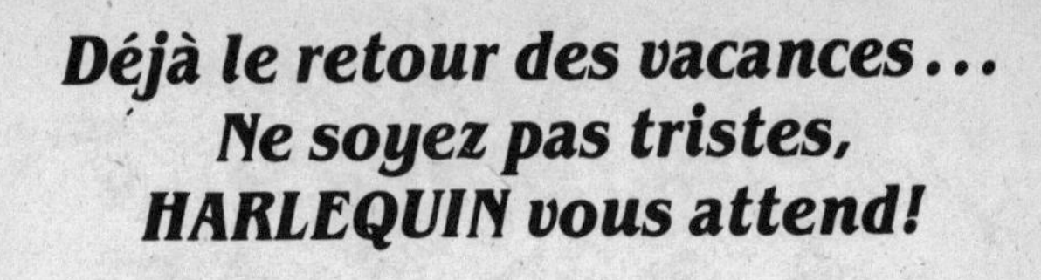
Déjà le retour des vacances...
Ne soyez pas tristes,
HARLEQUIN vous attend!